藏書

珍藏版

中华成語故事

赵文博 主编

叁

辽海出版社

泰山北斗

泰山北斗

语出《新唐书·韩愈传赞》："自愈没，其言大行，学者仰之如泰山北斗云。"

韩愈是我国唐代著名的文学家、哲学家。

他年幼时父母俱丧，由嫂嫂抚养成人。他刻苦自学，终于成为大学问家。在文学上，面对六朝以来盛行的浮艳骈丽文风，韩愈极力反对，提倡散体文，与柳宗元同为古文运动的倡导者。他的散文在继承先秦西汉古文的基础上，加以创新和发展，具有气势雄健、博大精深的特色。然而，在当时韩文并不为人们重视，直到他死后，韩文才被人们推崇、效法，蔚成风气。因此，后来的学者敬重仰慕韩愈，把他喻为泰山、北斗。

泰山鸿毛

语出汉·司马迁《报任少卿书》："人固有一死，或重于泰山，或轻于鸿毛，用之所趋异也。"

为了完成《史记》这部巨著，司马迁忍受了种种的侮辱和迫害，他顽强地活了下来。司马迁给他的好友任安（字少卿）写了一封信（即《报任安书》），信中叙述了他下狱受刑的不幸遭遇和立志著书的宏大志向。信中写到，人必有一死，但有人死得比泰山还重，有人死得比鸿毛还轻，自己所以苟活于世，甘蒙奇耻大辱，这完全是为了完成历史著作的写作，为了实现自己的抱负和志向。

司马迁凭着顽强的毅力，愤发写作，经过十三年的艰苦努力，用尽全部心血和精力，终于完成了我国最早的一部纪传体通史——《史记》。书中不少传记语言生动，形象鲜明，是优秀的文学作品，对后世史学和文学都有深远的影响，具有不朽的价值。

泰然自若

这个成语出自宋·范浚《心箴》：“天君泰然，百体从令。”《史记·樗里子甘茂列传》：“鲁人有与曾参同姓名者杀人，人告其母曰：‘曾参杀人！’其母织自若也。”

金人颜盏门都，身材高大，美须飘飘。他的哥哥羊艾在进攻汴梁的战斗中不幸牺牲，门都于是拿起武器，穿上军装，来到军营中，开始了他的军旅生涯。

门都还在睿宗手下当副官的时候，都统完颜杲准备进攻饶风关，派门都带着60名骑兵作先遣队，察看地形及对方布置情况。门都出色地完成了任务，展露了他的军事才华。完颜杲非常欣赏他的机智勇敢，临危不惧，将他带在身边。

天眷初年（1138年），定国军节度使李世辅与他的父亲一起被金军俘虏，后来父亲被杀，李世辅投靠西夏，伺机报杀父之仇。一次，李世辅设下家宴，派人邀请完颜杲来作客，席间，以献甲胄为名，劫持了杲。门都看到情形危急，冒死逃了出来，带援军救出了完颜杲。以后，门都多次立下战功。

门都性情忠厚，谨小慎微。作战中善于安置营垒，计划特别缜密周到。他遇事沉着镇静，有敌人突然进犯，即使矢箭如雨落下，他仍泰然自若，像平时一样布置行动计划，发出行动命令。门都又有豪侠心肠，对待士兵宽宏大度，因此他的队伍军心稳定，任何情况下都有良好的秩序，士兵们也死心塌地跟随着他。

后来，“泰然自若”这一成语，用来形容在突然情况下，沉着镇定，毫不慌张。

班门弄斧

语出柳宗元《河东先生集·王氏伯仲唱和诗》：“操斧于班、郢之门，斯强颜耳。”

鲁班，又名鲁般、公输般，春秋时期鲁国（今山东曲阜）人。传说是位能工巧匠，善于雕刻与建筑，技艺举世无双。人们一直把他看作是木匠的祖师爷。

有一次，明代诗人梅之焕到采石矶凭吊李白。采石矶是民间传说中著名唐代诗人李白晚年游览采石江时，见水中之月，清澈透明，竟探身去捉，便堕江而殁的地方。由于李白在此留下过足迹，因此传说纷起，并留下了不少名胜，如李白墓、谪仙楼、捉月亭等等。采石矶也因此成了旅游胜地。

这天，梅之焕来到采石矶旁的李白墓，一看却心中大为不满，矶上、墓上，凡墓前可以写字的地方，都被人留有诗句，那些诗文狗屁不通，想不到想冒充风雅的游人，竟在被称为“诗圣”的李白的墓上胡诌乱题，那些拙劣诗句的作者，又有什么脸在李白面前舞文弄墨呢？真是可笑之极！梅之焕心中越想越不是滋味，感慨之余，挥笔题了一首诗：

“采石江边一堆土，李白之名高千古；来来往往一首诗，鲁班门前弄大斧。”

“班门弄斧”最早出现的雏形是柳宗元的“操斧于班、郢之门，斯强颜耳”。意即在鲁班门前操弄斧子，是厚着脸皮（郢，是另一位古代的操斧能手）。讽刺那些不自量力，竟在行家面前卖弄本领的人。

梅之焕讥讽那些自以为会作诗的游人，是“鲁班门前弄大斧”。这句话被后人缩成“班门弄斧”。这样，“班门弄斧”的成语，就流传下来了。

班荆道故

这个故事出自《左传·襄公二十六年》：“伍举奔郑，将遂奔晋。声子将如晋，遇之于郑郊，班荆相与食，而言复故。”

春秋时代，楚国大夫伍举听到消息说，他的岳父犯法获罪，自己也要受到株连，来不及同家人告别，就匆忙出逃，只身一人逃到郑国。

他准备继续北上，到晋国去避难。走到郑国都城的郊外，恰巧碰见了出使晋国的蔡国大夫声子。

伍举与声子原是世交，这两位从小相知而又多年不见的好友，在异国的土地上突然相逢，感到又惊又喜。于是，两人就折下路边的荆条铺在地上，相对而坐，同时拿出干粮来边吃边谈。

伍举把自己的不幸遭遇告诉了声子，声子听了非常同情，决心帮助他。后来，伍举终于在声子的帮助下，重新回到了楚国。

莫测高深

秋月春风

语出《汉书·严延年传》："众人民谓当死者，一朝出之；所谓当生者，诡杀之。吏民莫能测其意深浅，战栗不敢犯禁。"

西汉时，有个刚正不阿的官员，名叫严延年。他父亲是丞相的属吏，他本人年轻时就在丞相府里学习法律，后来被选拔为御史大夫的属吏。

当时，大司马大将军霍光权势很大。汉昭帝死后，他迎立刘贺为帝；不久将他废掉，又迎立宣帝。宣帝即位后，严延年竟敢于上奏章批评霍光擅自废立皇帝，并谴责他是不道。奏章虽然被搁置起来没有处理，但朝廷上下对他都很敬畏。

后来，严延年被任命为涿郡太守。这地方地主豪强的势力相当强大，他们欺凌弱小，鱼肉乡民，尤其是西高氏和东高氏两家更是凶狠，无恶不作，到涿郡来的几任太守都奈何他们不得。

这两家都养着许多宾客，这些人其实都是盗贼，作了案就藏在高氏家里，官吏不敢进去追捕。由于他们一贯为非作歹，境内的盗贼越来越凶残。人们就是在大白天赶路，也得张弓拔刀，才敢行走。

严延年到任后，很快了解到了上面这些情况。他传令属官蠡吾、赵绣查明高氏家的具体罪行，马上向他报告。赵绣明知两高氏作恶多端，论罪必死，但又不想得罪他们。他见严延年是新来的太守，便准备好了两份有关高氏家的罪行材料，一份轻，一份重。他把罪行重的一份藏在怀里，而先将轻的一份交上去，如果太守发怒，就再把重的交上去。

不料，严延年已经估计到赵绣会来这一手。接过赵绣递上来罪行轻的一份材料，读了几行，喝令左右在他身上搜出了另一份，随即当场将他关押起来。第二天一早，就把他斩首示众。这一来，所有下属都吓得浑身发抖。

接着，严延年下令将西高氏和东高氏捉拿归案，并且很快查清了他们全部的罪行。然后，将有关罪犯各数十人全部处决。

三年后，严延年迁升河南太守。当地的地主豪强听说他来了，吓得连大气都不敢喘。严延年到任后，严厉打击犯罪的豪强富户，竭力扶助贫弱人家。他断案与一般官员不同，常常是贫弱人家即使犯了比较重的罪，他也不照法令严办，而是宽大处理；豪强富户欺诈平民，即使罪行不大，他也要重重处罚。众人认为该处死的，有时竟会获得释放；而大家认为罪不该死的，有时却被诛杀。不论官吏还是百姓，都不能揣测出他的心意如何，以致大家吓得不敢犯法。尽管他这样做，文书方面仍然做得非常严密，没有一点漏洞。

严延年执法严明，诛杀了许多豪强，自然引起了他们的憎恨。后来他被人诬陷，惨遭杀害。

唇亡齿寒

语出《左传·僖公五年》："晋侯复假道于虞以伐虢。宫之奇谏曰：'虢，虞之表也。虢亡，虞必从之。晋不可启，寇不可玩，一之谓甚，其可再乎？谚所谓辅车相依，唇亡齿寒者，其虞、虢之谓也。'"

春秋时，晋国的邻近有虢、虞两个小国。晋国想举兵攻打虢国，但要打虢国，晋国大军必须经过虞国。

晋献公于是用美玉和名马作礼物，送给虞国国君虞公，请求借道让晋军攻打虢国。虞国大夫宫之奇谏劝虞公不要答应，但虞公贪图美玉和名马，还是答应给晋献公借道。

宫之奇劝谏虞公说：

"虢国是虞国的依靠呀！虢国和虞国两国就好像嘴唇和牙齿一样，嘴唇没有了，牙齿岂能自保？一旦晋国灭掉虢国，虞国一定会跟着被灭亡。这'唇亡齿寒'的道理，您怎么就不明白？请您千万不要借道让晋军征伐虢国。"

虞公不听谏劝。

宫之奇见无法说服虞公，只得带着全家老小，逃到了曹国。

这样，晋献公在虞公的“帮助下”，轻而易举地灭掉了虢国。晋军得胜归来，借口整顿兵马，驻扎在虞国，然后发动突然袭击，一下子又灭掉了虞国。

目光短浅的虞公只看见眼前的利益，看不出虢国的存亡与虞国有密切的联系，成了晋国的俘虏。

厝火积薪

语见《汉书·贾谊传》：“大抱火。厝之积薪之下，而寝其上，火未及燃，因谓之安。方今之势，何以异此！本末舛逆，首尾衡决，国制抢攘，非甚有纪，胡可谓治？”

西汉到了文帝时，国势已较为强盛，但也潜伏着危险。在有人向朝廷告发吴王刘濞谋反时，贾谊写了《治安策》，向汉文帝进谏：要削弱诸侯王的势力，加强中央集权。他以事实指出这一问题的严重性：先有济北王刘兴居的叛乱，再有淮南厉王刘长的谋反，现又有吴王刘濞不轨。诸侯王的割据，犹如厝火积薪，火还没有燃烧起来，看来还很安宁。现在的形势，就和这种情况相类似。要是不采取有力的措施，怎么谈得上治国有方呢？

破釜沉舟

语出《史记·项羽本纪》：“项羽乃悉引兵渡河，皆沉船，破釜甑，烧庐舍，持三日粮，以示士卒必死，无一还心。”

秦朝末年，秦二世派大将章邯攻打赵国。赵军不敌，退守巨鹿（今河北平乡西南），被秦军团团围住。楚怀王封宋义为上将军，项羽为副将，派他们率军去救援赵国。

不料，宋义把兵带到安阳（今山东曹县东南）后，接连46天停滞不进。项羽忍不住，一再要求他赶紧渡江北上，赶到巨鹿，与被围赵军来个里应外合。但宋义另有所谋，想让秦、赵两军打得精疲力竭再进攻，这样便于取胜。他严令军中，不听调遣的人，不管是谁都要杀。与此同时，宋义又邀请宾客，大吃大喝，而士兵和百姓却忍饥挨饿。

项羽忍无可忍，进营帐杀了宋义，并声称他勾结齐国反楚，楚王有密令杀他。将士们马上拥戴项羽代理将军。项羽把杀宋义的事及原因报告了楚怀王，楚怀王只好正式任命他为上将军。

项羽杀宋义的事，震惊了楚国，并在各国有了威名。他随即派出两名将军，率 2 万军队渡河去救巨鹿。在获悉取得小胜并接到增援的请求后，他下令全军渡河救援赵军。

项羽在全军渡河之后，采取了一系列果断的行动：把所有的船只凿沉，击破烧饭用的锅子，烧掉宿营的屋子，只携带三天干粮，以此表示决心死战，没有一点后退的打算。

这支有进无退的大军到了巨鹿外围，立即包围了秦军。经过 9 次激战，截断了秦军的补给线。负责围攻巨鹿的两名秦将，一名被活捉，另一名投火自焚。

在这之前，来援助赵国的各路诸侯虽然有几路军队在巨鹿附近，但都不敢与秦军交锋。楚军的拚死决战取得胜利，大大地提高了项羽的声威。

从此，项羽率领的军队成了当时反秦力量中最强大的一支武装。

后来，“皆沉船，破釜甑”演化为成语“破釜沉舟”，用来比喻拚死一战，决心很大。

项羽也成了当时农民起义军的著名领袖人物，并在不久后和刘邦的起义军一起，推翻了秦朝的统治。

振臂一呼

参见《文选·李陵〈答苏武书〉》："死伤积野，余不满百，而皆扶病，不任干戈，然陵振臂一呼，创病皆起。"

苏武出使的第二年秋天，李陵率领五千步兵北上。队伍经过四十多天的行军，与三万匈奴骑兵遭遇，并在开阔地上被包围起来。李陵命令部下前列执戟、盾，后列拉弓弩。一接战，匈奴骑兵没能占到便宜，单于只得下令撤退。李陵下令追击，一举歼灭两千多人。

单于随即调来八万骑兵，进攻不到五千的汉军。他在攻击中发现，汉军并没有后援，便打算彻底予以消灭。李陵估计到双方实力相差太大，硬拼将导致全军覆灭，就边打边向东南撤去。于是，单于发动进攻。李陵指挥部下全力反击，匈奴骑兵伤亡惨重。单于胆怯，打算收兵。此时，汉军中一个小头目向匈奴兵投降，并透露汉军只剩下三千多人，弓箭即将耗尽，也没有援军等内情。单于大喜，命令全线攻击，在匈奴兵的猛烈冲杀下，汉军的尸体堆满了原野，余下来的不满百人，并且都是伤病者。在这种情况下，李陵挥动着手臂，大声呼喊道："勇敢杀敌啊!"随着李陵这一声号召，伤员和病员全部举起刀向匈奴兵冲去。匈奴兵突然受到猛烈的反击，纷纷后退。但是，汉军毕竟寡不敌众，经过两天拼杀，李陵力尽被俘。

党同伐异

语出《后汉书·党锢传序》："自武帝以后，崇尚儒家，怀经协术，所在雾会，至有石渠分争之论，党同伐异之说。"

公元前141年，刘彻即位，史称汉武帝。他当政的第二年就下了一道诏书，命朝廷大臣和各地诸侯王、郡守推举贤良文学之士。诏书下达后不久、各地送来了一百多个有才学的读书人。武帝命他们每人写一篇怎样治理国家的文章，其中有个名叫董仲舒的文章写得不错，武帝亲自召见他两次，问了他不少话。董仲舒回话后，又呈上两篇文章，武帝看了都非常满意。

前度刘郎

董仲舒的三篇文章，都是论述天和人的关系的，所以合称为《天人三策》，又称《举贤良对策》。其中宣扬的理论，叫做“天人感应”。这种理论把封建统治尤其是皇帝的权力神化：谁反对皇帝，谁就是反对“天”，就是大逆不道。

为了贯彻这种理论，董仲舒在《天人三策》中提出了三项建议：一是将诸子百家的学说当作邪说，予以禁止，独尊孔子及其儒家经典，以通过文化上的统制，达到政治上的统一。这就是所谓“罢黜百家，独尊儒术”。

二是设立传授儒家经典的最高学府。三是网罗天下人才，使他们忠心耿耿地为朝廷服务

董仲舒“罢黜百家；独尊儒术”的主张，非常合乎武帝一统天下的心思。他亲政后，就设置了专门传授儒家学说的五经博士，向五十名弟子讲述《诗》、《书》、《易》、《春秋》等五部儒家经典。这些弟子每年考试一次，学通一经的就可以做官，成绩好的可当大官。后来，博士弟子人数不断增加，最多时达三千人。

到汉宣帝刘询当政的时候，儒家思想已经成为维护封建统治的正统思想，儒家学说更是盛行，刘询自己也让五经名儒萧望之来教授太子。但由于当时儒生对五经有不同的理解，所以宣帝决定进行一次讨论。

公元前51年，由萧望之主持，在皇家藏书楼兼讲经处的石渠阁，进行了一次大规模的讨论。在讨论过程中，儒生们把和自己观点一样的人作为同党，互相纠合起来；而对观点不一样的人，则进行攻击。为此，《后汉书》的作者在评述这一现象时，把它称为“党同伐异”，也就是纠合同党攻击异己。

乘人之危

这个成语故事出自《后汉书·盖勋传》："谋事杀良，非忠也；乘人之危，非仁也。"

东汉时，盖勋因为人正直，很有才干，被举为孝廉，当上了郡太守的主要属官——长史。盖勋所在的郡属凉州刺史梁鹄管辖，而梁鹄又是盖勋的朋友。

当时，受凉州刺史管辖的武威太守横行霸道，干尽了坏事，老百姓对他恨之入骨，又敢怒不敢言。但是，梁鹄的属官苏正和却不畏强霸，敢于碰硬，依法查办武威太守的罪行。

不料，梁鹄生怕追查武威太守的罪行会涉及到高层权贵，连罪自己，焦虑不安。他甚至想杀了苏正和灭口，但又吃不准这样做是否妥当，于是打算去找好友盖勋商量究竟该怎么办。

也正巧，盖勋与苏正和是一对冤家。有人向他透露刺史将要和他商量如何处置苏正和，并且建议他乘此机会，劝刺史杀了苏正和，来个公报私仇。盖勋听了断然拒绝说：

“为个人的私事杀害良臣，是不忠的表现；趁别人危难的时候去害人家，是不仁的行为。”

之后，梁鹄果然来与他商议处置苏正和的事。盖勋打比方规劝梁鹄说：“喂养鹰鸢，要使它凶猛，这样才能为您捕获猎物。如今它已经很凶猛了，您却想把它杀掉。既然如此养它又有什么呢？”

乘风破浪

语出《宋书·宗悫传》：“悫年少时，炳问其志，悫曰：‘愿乘长风破万里浪。’”

南北朝时，有个年青人名叫宗悫，字元干。他从小就跟着父亲和叔叔舞剑弄棒，练拳习武，年纪不大，武艺却十分高强。

有一天正是他的哥哥结婚的日子，家里宾客盈门，热闹非凡。有十几个盗贼也乘机冒充客人，混了进来。

正当前面客厅里人来人往，喝酒道贺之际，这伙盗贼却已潜入宗家的库房里抢劫起来。有个家仆去库房拿东西，发现了盗贼，大声惊叫着奔进客厅。

一时间，客厅里人都被惊呆了，不知如何是好。只见宗悫镇定自若，拔出佩剑，直奔库房。

盗贼一见来了人，挥舞着刀枪威吓宗悫，不许他靠前。

宗悫面无惧色，举剑直刺盗贼，家人也呐喊助威。盗贼见势不妙，丢下抢得的财物，赶紧脱身逃跑了。

宾客见盗贼被赶走了，纷纷称赞宗悫机敏勇敢，少年有为。问他将来长大后干什么？他昂起头，大声地说：

“愿乘长风破万里浪，干一番伟大的事业。”

果然，几年以后，当林邑王范阳迈侵扰边境，皇帝派交州刺史檀和之前往讨伐时，宗悫自告奋勇地请求参战，被皇帝任命为振武将军。

一次，檀和之进兵包围了区粟城里林邑王的守将范扶龙，命宗悫去阻击林邑王派来增援的兵力。

宗悫设计，先把部队埋伏在援兵的必经之路，等援兵一进入埋伏圈，伏军立即出击，把援兵打得个落花流水。

就这样，宗悫果然替国家打了不少胜仗；立下许多战功，被封为洮阳侯，实现了他少年时的志向。

乘兴而来

语出《晋书·王徽之传》:“徽之曰:‘本乘兴而来，兴尽而返，何必见安道耶?’”

王徽之是东晋时的大书法家王羲之的三儿子，生性高傲，不愿受人的约束，行为豪放不拘。虽说在朝做官，却常常到处闲逛，不处理官衙内的日常事务。

后来，他干脆辞去官职，隐居在山阴（今绍兴），天天游山玩水，饮酒吟诗，倒也落得个自由自在。

有一年冬天，鹅毛大雪纷纷扬扬地接连下了几天，到了一天夜晚，雪停了。天空中出现了一轮明月，皎洁的月光照在白雪上，好像到处盛开着晶莹耀眼的花朵，洁白可爱。

王徽之推开窗户，见到四周白雪皑皑，真是美极了，顿时兴致勃勃地叫家人搬出桌椅，取来酒菜，独自一人坐在庭院里慢斟细酌起来。他喝喝酒，观观景，吟吟诗，高兴得手舞足蹈。

忽然，他觉得此景此情，如能再伴有悠悠的琴声，那就更动人了。由此，他想起了那个会弹琴作画的朋友戴逵。

“嘿，我何不马上去见他呢？”

于是，王徽之马上叫仆人备船挥桨，连夜前往。也不考虑自己在山阴而戴逵却在剡溪，两地有相当的距离。

月光照泻在河面上，水波粼粼。船儿轻快地向前行，沿途的景色都披上了银装。王徽之观赏着如此秀丽的夜色，如同进入了仙境一般。

“快！快！把船儿再撑得快点！”

王徽之催促着仆人，恨不能早点见到戴逵，共赏美景。

船儿整整行驶了一夜，拂晓时，终于到了剡溪。可王徽之却突然要仆人撑船回去。仆人莫名其妙，诧异地问他为什么不上岸去见戴逵。他淡淡地一笑，说：

“我本来一时兴起才来的，如今兴致没有了，当然应该回去，何必一定要见着戴逵呢？”

积不相能

这个成语见《后汉书·吴汉传》：“子与刘公积不相

能，而信其虚谈，不为之备，终受制矣。”

公元23年，汉皇族刘玄称帝。有个名叫王郎的卜者，自称是汉成帝的儿子，也自立为帝，建都邯郸。次年，刘玄派谢躬率军讨伐王郎，但是未见成效。于是，刘玄又增派刘秀率军与谢躬的军队一起作战，结果打垮王郎，攻占了邯郸。

退避三舍

谢躬一向与刘秀不和，曾经几次打算起兵攻打刘秀，只是怕不敌刘秀，才没有动手。现在，他与刘秀的军队都共同驻扎邯郸，难免要发生摩擦。

刘秀很有心计，决定慢慢收拾谢躬。谢躬的部将抢掠民物，谢躬知道后从不向刘秀通报，刘秀心里虽然不满，但不露声色，经常当面夸奖谢躬勤于职守。时间长了，谢躬不再对他有所顾忌。

谢躬的妻子知道这种情况后，时刻告诫丈夫说：“你与刘秀长期以来互不亲善，如今轻信他的虚情假意，如果不加防备，终有一天要受他所害。”

谢躬把妻子的话当作耳边风，率领部下回到邺地驻扎。不久，刘秀率兵南下，攻打一支农民起义军，请谢躬出兵配合，袭击另外一支农民起义军。谢躬答应了他的要求，让大将刘庆、太守陈康留守邺城，自己亲自带兵去完成袭击任务。不料，那支起义军战斗力很强，谢躬的军队大败。

其实，请谢躬配合作战是刘秀的一条计谋。谢躬一离开邺城，刘秀一面振偏将吴汉率领军队进击邺城，一面派一个能说会道的辩士游说太守陈康，要他归附刘秀，否则，大兵一到，死路一条。陈康见大势已去，便逮捕了大将刘庆和谢躬的妻子，向吴汉投降。

谢躬完全没有想到陈康会反叛自己，带了少数败兵退到邺城，见城门开着，便骑马进去。不料，刘秀的军队早已埋伏在城门左右。随着一声鼓声，伏兵冲出来将溯弓拖下马来，用绳索紧紧捆住。吴汉从腰间拨出剑来，手起剑落，将谢躬劈作两段。

积羽沉舟

语出《战国策·魏策一》："积羽沉舟，群轻折轴。"《史记·张仪传》："臣闻之，积羽沉舟，群轻折轴，众口铄金，积毁销骨。"

战国时期，周王权力日衰，诸侯争霸天下，游说之士应运而生，分为"合纵"、"连横"两派，前者主张弱国联合抗击强秦，后者主张弱国跟随强秦征服其他国家。张仪主张"连横"，在秦做了几年相国，他发觉齐、楚、燕、韩、魏、赵六国合纵盟约牢固，便辞去相位，去魏国说服魏王退出纵约，结好强秦。张仪到魏的第二年就被魏襄王命名为相国。他身在魏，心向秦，一直想通过"连横"的手段，使秦称霸天下。魏国与秦国邻近，只要魏带头站到秦国方面，其他诸侯就会仿效。张仪劝说魏襄王联合秦国，攻打齐、楚。魏襄王知道秦国有野心，不讲信义，故不听从。秦王闻知大怒，一面派大军袭取魏国曲沃、平周等地，一面派人暗中不断厚赠张仪财宝。

张仪在魏四年，无以报答秦国馈赠，内心很惭愧。

正值魏襄王死，哀王继位，他又劝说魏哀王事秦，又遭拒绝。于是张仪暗中要秦征伐魏国。魏被强秦打败，隔了一年又受齐国侵犯，败于观津。秦乘机再次攻打魏国，他们先把魏国大将申差打败；斩首八万二千，使六国诸侯大为震恐。魏国战事接连失利，纵约国之间出现裂痕。张仪利用这一时机，配合秦国军事进攻，巧言善辩地压服哀王事秦。并以“积羽沉舟”作比喻，指出魏有遭覆灭的危险。魏哀王终于屈服于内外压力，同意了“连横”。

积劳成疾

语出明·冯梦龙《东周列国志》第六十九回：“自夏四月围起，直至冬十一月，公孙归生积劳成疾，卧不能起，城中食尽，饿死者居半，守者疲困，不能御敌。”

楚灵王凭着强大的国势和兵力，灭了陈国以后，即兴兵而伐蔡。蔡侯中计被杀，楚兵攻城甚急。刚接位的世子有，听从监国公孙归生的意见，向晋求救。晋昭公因兵力不足，叫宋、齐、鲁、卫、郑等国出兵，可是他们都怕强楚。蔡国没有办法，只好凭自己的微薄力量守城。一个不及楚国一个县的蔡国，居然能守七个月之久。这全靠公孙归生的一力支撑。公孙归生劳累过度而病倒了，睡着不能起来；城中的粮食也吃完了，守卫兵士也精疲力尽了，楚乃破城而入。

笑容可掬

语出明·罗贯中《三国演义》九十五回："果见孔明坐于城楼之上，笑容可掬，焚香操琴。"

三国时期，蜀国诸葛亮挥军打出祁山，准备一举攻灭曹魏。但是，由于蜀将马谡言过其实，刚愎自用，致使战略要地街亭（在今甘肃省庄浪东南）失守。因而，完全打乱了诸葛亮的战略部署，使他非常被动，只好退守西城。

司马懿攻占街亭、列柳城之后，率领十五万大军，直奔西城杀来。这时，诸葛亮身边已经没有战将，只有一些文官。所引五千军马，已派走一半搬运粮草，只剩两千五百兵士留在城中。官员们听说司马懿率领十五万大军向西城杀来，个个大惊失色，魂不附体。诸葛亮登上城楼一看，只见东北方向尘土扬天，魏兵已向西城杀来。诸葛亮想逃跑已经来不及了，想抵抗又缺兵少将，形势十分危急。在这紧要关头，诸葛亮眉头一皱，计上心来。诸葛亮下令，城头旌旗全部藏起来；诸将各守岗位，不得慌张，否则立即处死；大开城门，让一些士兵装成老百姓，在街道上洒扫，不得惊慌乱动。诸葛亮自己则端坐在城门楼上，羽扇纶巾，焚香抚琴，装成若无其事的样子。

司马懿的大军来到城下，见诸葛亮坐在城楼上，笑容可掬，烧着香，弹着琴，两个童子伺候两旁，城门内外，有二十多个百姓，只顾低头洒扫，旁若无人。司马懿见此情况，怀疑城中必有重兵埋伏，于是急忙下令退兵。

这就是有名的空城计。

秦镜高悬

语出汉·刘歆《西京杂记》卷三。

在秦朝的咸阳宫中，收藏着无数的珍品宝物，其中有一面方镜，宽 4 尺，高 5 尺 9 寸，正反两面都十分明亮。人直立对镜，镜内的人影却是倒立的；如果抚摩着胸口来照，可以清楚地照见五脏，体内有病的人，可以照出病在什么地方。如果谁有坏心歹意，也能在一照之下看得清清楚楚。据说秦始皇就常常利用这面镜子，来考察宫中嫔妃、侍卫等人是否忠贞，倘若发现心胆慌张乱跳的人，就立即逮捕审讯，加罪惩处。

这个传说，载《西京杂记》。原文是："有方镜，广四尺，高五尺九寸，表里有明。人直来照之，影则倒见。以手扪心而来，则见肠胃五脏，历然无碍。人有疾病在内，则掩心而照之，则知病之所在。又女子有邪心，则胆张心动。秦始皇常以照宫人，胆张心动者杀之。"当然，这决不会事实。《西京杂记》的编著者似乎预料到读者要追问他：这面神奇的镜子现在在哪里？所以他说：可惜后来这宝贝流失了。当刘邦和项羽先后攻入咸阳的时候，刘邦倒还好，把咸阳宫的珍宝，全部封存了起来，可是项羽领兵来到，把珍宝从刘邦手中夺走了不少。这面神奇的镜子，就在那时候不知弄到哪里去了。

由于这一传说，就产生了"秦镜"这个成语。对善于明察是非，判案公正无私的法官，人们就赞誉为"秦镜"，例如"秦镜高悬"。以前的衙门里的大堂上，总要挂着"秦镜高悬"的匾额，以表明判案正确。

秦琼卖马

语出清·褚人获《隋唐演义》。

秦琼，字叔宝，山东人。他是唐朝的开国功臣，曾参加河南的瓦岗起义军，是李密的骠骑亲将。瓦岗军覆灭后，秦叔宝又为李世民所罗致，逐步成为高级将领。

秦叔宝这个人，在民间的声望很大，原因是有两部小说《隋唐演义》和《说唐》，都特别强调秦叔宝。在《隋唐演义》与《说唐》里，都有“秦琼卖马”的故事，说的是秦琼在潞州落了难，穷得连饭店钱也付不出。先是典押了随身的兵器金双锏，后来逼得连自己的坐骑黄骠马也卖了。可是人在倒霉的时候，样样不遂心，连马也没有人要。幸而遇见了一位卖柴的老者，动了同情心，指引秦叔宝说：“这西门15里外，有个二贤庄，庄上主人姓单号雄信，排行第二，人称他为二员外，要买好马送朋友。”秦琼久闻潞州单雄信的大名，就由这位老者介绍到二贤庄，与单二员外见面。秦琼羞于说出真名实姓，只称姓王，拿了马价而去，后来单雄信从别人口中，获知卖马的人，就是山东济南府的秦琼，便立刻追赶，捧着秦琼的脸说："叔宝哥哥，你端的想杀了单通也。"

所以《说唐》里的秦琼，简直和"水浒"里的宋江一样，到处受英雄豪杰的崇拜。

素面朝天

语出宋·乐史《杨太真外传》。

涕零如雨

唐玄宗李隆基时，由于宠爱的武惠妃去世，他常常郁郁寡欢，有时无缘无故地发火。

当时他儿子寿王李瑁的妃子杨玉环是一位绝色美人。玄宗一见到她就神魂颠倒，虽然从辈分上说，她是自己的儿媳妇，但他顾不得辈分了，千方百计将她弄到自己的身边，封她为贵妃，宠爱有加。自从得到杨贵妃，唐玄宗便沉溺于歌舞声色了。

杨贵妃集后宫三千宫女嫔妃的宠爱在一身，杨家顿时鸡犬升天，兄弟姐妹都得到封赏，大姐封韩国夫人，三姐封虢国夫人，八姐封秦国夫人。

韩国夫人、虢国夫人、秦国夫人三人都美貌出众，玄宗经常与她们一起寻欢作乐，每年都要赏赐大量的脂粉钱。

三人中虢国夫人最漂亮，又很会卖弄风骚，讨皇上喜欢，玄宗对她也是又怜又爱。虢国夫人自恃美艳，常常不施脂粉，素面入朝，觐见天子（素面朝天）。诗人张祜曾有诗讽刺道：

虢国夫人承主恩，
平明上马入宫门。
却嫌脂粉污颜色，
淡扫娥眉朝至尊。

宫中女子为了讨皇上欢心，都要描眉画唇，施以厚厚的脂粉。虢国夫人别出心裁，不施脂粉，在六宫粉黛中反而更显得美若天仙，玄宗由此更加宠爱她。她家的宅第，豪华比得上皇宫，气派没有哪家能比，虢国夫人享尽荣华富贵。安史之乱后，她逃到陈仓，死在那里。

素不相识

语出晋·陈寿《三国志·吴书·陆瑁传》。

陆瑁是三国时吴郡人，叔父陆绩32岁就去世了，留下二子一女，都只有几岁，陆瑁便把他们接到自己家里来抚养，直到他们长大成人，才让他们独立生活。后来，陆绩的大儿子做过会稽南部都尉，二儿子担任长水校尉，都很有出息。

陆瑁性情豪爽，心地善良。同郡的徐原，官做到侍御史，和陆瑁一样为人耿直，喜欢直言不讳。他与陆瑁素不相识，但早就听说过陆瑁的为人。临终时，他放心不下自己的儿女，觉得陆瑁是个可以托付的人，便写下遗书，把儿女托付给他。徐原死后，陆瑁为他修建了坟墓将他安葬，又把他的儿女接到家里来，让他们与自己的儿子一起吃一起睡，当作自己亲生儿女一样看待，孩子们在他家一点儿也不受拘束。陆瑁还请来先生给他们授课，他自己也亲自教导他们。为了他们，陆瑁放弃了许多做官的机会，州、郡多次征召，他都不去就职。在他的影响下，孩子们个个知书识礼，胸有大志，当地人传为美谈。

素车白马

语出春秋·左丘明《左传·哀公二年》。

春秋时，晋国的大夫范氏起兵企图夺取晋国的政权，郑国帮助范氏，齐国也倒向范氏，由郑大夫子姚、子般负责运送粮食给范氏。晋国得到消息，派赵鞅率军阻击，双方在戚城遭遇了。

赵鞅召集手下商量对策，晋将阳虎建议："现在敌众我寡，只有智取才能战胜。我方车辆少，但可以在车上插上旗帜，在子姚、子般军到来之前列好阵，使之威严整齐，首先在气势上压倒他们，敌人看到我方遍插军旗，纹丝不乱，必然恐惧。这时再开战，我们就有取胜的把握了。"赵鞅接受了阳虎的建议。

交战开始前，赵鞅为鼓舞士气，指天发誓说："我们身为臣子，就要忠于君主，今天这一战，关系重大，凡是能英勇杀敌的将士，上大夫可以受封郡邑，下大夫可以受封县邑，士兵可受封良田十亩，平民、工匠、商人都可以升官，奴仆、罪人可以恢复自由。至于我自己，如果打了胜仗，就奏请君王酌情赏赐我；如果打败了，就用绳子把我勒死了，只用三寸厚的桐木棺，棺材内不用贴身的内棺，用白马驾着没有装饰的车送葬（素车白马），而且不埋到祖坟里去。这就是对我的惩罚。”

于是，晋国士兵士气大振，交战中勇猛无比。晋军追击郑军，虽然伤亡很大，但官兵毫无惧色，继续向前冲，带伤作战的赵鞅看着勇敢的将士，非常赞叹。

莫予毒也

语出春秋·左丘明《左传·僖公二十八年》。

公元前633年，楚成王率领陈、蔡等国的军队，围攻不肯归服的宋国。宋国向晋国求救，晋国立即出兵攻击楚的盟国曹国，迫使楚军撤围救援。

楚军和晋军在城濮交锋。双方列好阵势，楚军统帅子玉率领中军布阵，大言不惭地说：“我军兵力优于晋军，一定能打败晋军。”

交战一开始，晋军下军将领胥臣率领一支精锐部队向楚军右翼的陈、蔡联军发动猛烈的攻击，陈、蔡联军不堪一击，立即溃败。同时，晋军上军将领狐毛和下军将领栾平与敌军略一交锋，立即假装败退，诱敌追击。楚军不知是计，拼命追击。这时，晋文公亲率最精锐的中军向楚军拦腰杀来，而假装败退的晋军，也回头夹击楚军，楚军大败，楚军统帅子玉自刎而死。

晋文公一向把子玉当作自己的心腹之患，听到子玉自杀的消息，高兴地说："再也没有人能加害我了（莫予毒也)!"

倾国倾城

语出汉·班固《汉书·孝武李夫人传》。

汉代音乐家李延年既善于唱歌，又能创作歌曲。汉武帝时，他是宫中的乐师，很受武帝喜爱。

有一天，李延年在汉武帝面前一边唱歌，一边跳舞。他唱道："北方有佳人，绝世而独立，一顾倾人城，再顾倾人国。宁不知倾城与倾国，佳人难再得!"

汉武帝对这首歌很感兴趣，他问道：“世界上真能有这样的绝代佳人吗？”

武帝的姐姐平阳公主说道：“李延年的妹妹，就是这样的佳人。”

汉武帝命人把李延年的妹妹带进宫中，一看，果然是个绝代佳人。汉武帝把她留在身边，封她为李夫人，对她非常宠爱。

李夫人原来是个歌伎，她进宫时间不久，便得病而死。汉武帝非常怀念她，让人为她画像，又让术士为她招魂，想和她再见一面。因为想念李夫人，汉武帝写了不少诗歌，抒发对李夫人的感情，如《悼李夫人赋》、《李夫人歌》等。

“倾国倾城”的成语就是从李延年的歌中概括出来的。

胸有成竹

语出元·脱脱等《宋史·文同传》。

宋代的大文学家苏轼（即苏东坡），不但文章和诗词写得好，而且书画也很出色。他和文同是好朋友。文同也兼长绘画，我国绘画史上称他们两人的画为“文人画”。

苏轼一生在政治上很不得意，他的作画，不过是发泄“怒气”，自求陶醉，并没有什么目的。当时，宋徽宗是一个喜爱书画的皇帝，苏轼屡遭贬官降职之后，这个风雅皇帝便让他担任“玉局观提举”。苏轼在观里比较空闲，就大画墨竹，绘画技法倒因此大有提高。苏轼曾写过一本《画竹记》，介绍画竹的经验说：“画竹，必先得成竹于胸中。”这就是说：画竹的画家，在动笔之前一定要酝酿成熟，先有一个生动具体的竹子形象在心胸里，这样，画出来的竹子才生动。

文同也爱画墨竹，他虽然也画花鸟、山水和人物，但是以画墨竹最为有名。文同画竹，也要求先有成竹在胸，当时还有一个善画的文人晁补之，曾有一首诗，称赞文同的“墨竹”艺术，其中有两句道：

与可画竹时，

成竹已在胸。

后来，人们就用“胸有成竹”形容遇到问题，心中早就有了解决的办法。

脍炙人口

语出战国·孟轲《孟子·尽心下》。

曾参和他的父亲曾晳都是孔子的弟子。曾晳很喜欢吃羊枣，羊枣是一种小柿子，俗称牛奶柿。曾参是个孝子，父亲去世以后，为了哀悼父亲，不忍心再吃羊枣。

后来孟子的弟子公孙丑向孟子问道：“老师，脍炙（烤肉丝）和羊枣哪一种好吃？”

孟子答道：“当然是脍炙呀！”

公孙丑又问：“那么，曾子为什么吃脍炙而不吃羊枣呢？”

孟子答道：“脍炙是大家都喜欢吃的，羊枣只是个别人喜欢吃的，是曾晳的特别嗜好。父母的名字应该避讳，而姓却不必避讳，因为姓是大家共有的，名却是他独自一个人的。因此，曾参吃脍炙而不吃羊枣。”

成语“脍炙人口”即由此而产生，后来演变成比喻人人赞美和称颂的好诗文。

疾风扫落叶

疾风扫落叶

语出宋·司马光《资治通鉴·晋纪·孝武帝太元七年》。

晋朝十六国时期，前秦皇帝苻坚，大力整顿国内政治，发展生产，使国家很快强大起来，统一了北方大部分地区。苻坚野心勃勃，一心要攻打东晋王朝，他把大臣们召集到太极殿，商议出兵讨伐东晋。他说，目前他有 97 万大军，准备亲自率军南下，一举攻下东晋，请大家谈谈各自的看法。

大臣们议论纷纷，各自说明进行这场战争的利害，除了一位官员表示赞成外，其他人都反对出战。苻坚很不高兴，立刻宣布退朝。但他决心进攻东晋，就再和弟弟苻融商量。谁知苻融也坚决反对进攻东晋。

苻坚勃然大怒说："连你都反对，我还指望谁呢！我有百万雄兵，军备充足，后继有援，屡次打胜仗，还怕打不胜东晋这个将要灭亡的国家吗？"

苻融说："东晋还很强大，还没有到灭亡的时候。再说，京城附近布满了鲜卑、羌、羯等民族的武装势力，他们都是我们的深仇暗敌，一旦大军出征，他们在京城叛变，我们可就危险了！"

苻坚听不进苻融的劝告，固执己见，决意进攻东晋，大臣们涌进太极殿苦苦劝谏，苻坚狂妄地说："我们百万大军去攻打弱小的东晋，犹如疾风扫落叶！"苻坚不顾群臣的反对，动员全国力量，率军进攻东晋，结果淝水一战，打了个大败仗。

望洋兴叹

语出《庄子·秋水》。

传说在很久以前黄河有个水神河伯。他一直生活在黄河中游的孟津（今河南省孟州市西南的黄河渡口）附近。在黄河边住久了，河伯总是以为黄河是天下最大的河，没有一条河能与黄河相比。

秋天到了，雨水增多，大小支流河水涨了，全汇集在黄河里。但是，黄河河道有限，河水到岸上，淹没了河洲和两岸田地。一眼望去，黄河加宽了许多，开阔起来，望着这波涛滚滚的黄河，河伯得意洋洋，以为天下的水都流到自己河中来了。于是，他顺着水流乘兴来到黄河人海处的尽头——北海（渤海）。抬头举目望去，只见白茫茫的大海无边无际，翻滚的波浪拍打着蓝天。这浩瀚的北海，是他从未见过的，现在才知道黄河与它根本不能相比。

河伯惊讶地叹道：“天哪！世界上除了黄河之外，竟还有这么广阔的水面啊！”这时的他不再得意了。他调转头来，仰望着北海，苦叹道："俗话说：'听到过一百个道理，就自以为知道很多，觉得谁也不如自己。'这大概是指我吧。"

骑虎难下

语出《晋书·温峤传》。

公元 328 年，苏峻和祖约以诛杀佐晋成帝的庾亮为名，率军进入都城建康，掌握了朝廷大权。庾亮逃到江州。

在紧要关头，江州刺史温峤和庾亮共推当时的征西大将军陶侃为盟主，起兵讨伐苏峻和祖约。

交战几个回合，由于叛军人多势众，陶侃打了几个败仗，他责备温峤说："你原来说不必担心没有将士，只要老夫我出来当盟主就行。现在几次战斗都遭到失败，你所说的良将在哪里？我带我的队伍回荆州算了。复兴朝廷的事以后再说。"

温峤说："你这样做就不妥了。自古以来的战例说明，取胜的关键在于军队的同心同德，光武帝刘秀救援昆阳，曹操夺取官渡都是以少胜多的战例，而现在的苏峻和祖约这两个叛贼，是国家和人民的祸害，我们讨伐他们，胜负就在此一举。当前的态势，决不允许我们后退，已经骑在猛兽的背上了，怎能中途下来呢？你如果违背大家的意愿，独自率军离去，势必造成军心动摇，一旦我军丧失斗志，使讨伐失败，那么，将来朝廷会把矛头对准你了。”

陶侃听了温峤的这席话，无言对答，只好留下不走了。温峤又和他仔细商量了作战计划，从水陆两路进攻叛军。最后，讨伐叛贼的斗争终于取得了胜利。

盛气凌人

语出《战国策·赵策四》。

战国时期，赵惠文王去世后，赵孝成王继位。因他年纪尚小，由母亲赵太后摄政。

这时强大的秦国趁机攻伐赵国，赵军抵挡不住。赵太后派人向齐国求救。但齐国提出：要让孝成王的小弟弟长安君到齐国去当人质，才肯出兵救援。

赵太后溺爱长安君，不肯把他送到齐国，为此齐国也不肯发救。为保国大计，赵国的大臣竭力劝说太后，使得太后十分生气，并说："谁要再提出让长安君做人质，我就往他脸上吐唾沫。"

左师触龙求见太后。太后以为他又来劝谏，就态度傲慢，怒气冲冲地等着他，一副盛气凌人的样子。谁知触龙小跑几步来到近前，说他近来腿脚不好，很久没有问候太后，今日特来请安等等。

触龙说："父母疼爱孩子，就要为他们的前途着想。您老人家把女儿嫁给远方的燕王，是为她的长远利益打算，这是真爱她。而如今您让长安君身居高位，封给他肥美的土地，但不给他为国立功的机会。一旦您离开人世，长安君怎么能在赵国站得住脚呢？我认为，太后没有为长安君的长远利益着想。"

触龙这一番议论使太后幡然醒悟，她终于同意送长安君到齐国去当人质。

齐国发兵救赵，秦国很快就撤兵了。

大公无私

有一天，晋平公问祁黄羊："南阳缺个县官，你看谁当合适？"祁黄羊说："解狐最合适。"晋平公很奇怪："解狐不是你的仇人吗，你为什么要推荐他做官？"祁黄羊答道："您只问我谁能当县官，并没问我谁是仇人。"于是解狐就被派去做了南阳的县官。他在南阳做了一些好事，得到了百姓的称赞。

又有一天，晋平公问祁黄羊："朝廷里缺个法官，你看谁当合适？"祁黄羊说："祁午合适。"晋平公又奇怪了："祁午不是你儿子吗，你不怕别人说你为儿子走后门吗？"祁黄羊答道："您问的是谁可以当法官，并没有问祁午是不是我儿子。"祁午做了法官，能秉公执法，得到了人们的称赞。

这两件事后来传了出去，知道的人都说："祁黄羊这人可真不错，无论是自己的仇人还是自己的儿子，只要是有德有才的，他都能推荐。这才是真正的大公无私呢！"

这句成语用来形容秉公办事，没有私心。

东山再起

东晋时期，有个叫谢安的人。他不仅仪表俊美，文才出众，而且喜诗文，擅书法。谢安生性温纯，举止言行沉静，不喜欢功名利禄。他本来被朝廷召到司徒府做官，可时过不久，他便以病为借口辞去职务。以后便隐居在景色秀丽、气候宜人的会稽的东山。

隐居期间，他结识了当时很有名望的王羲之、许询等人，常常在一起吟诗作文，挥毫洒墨，游山玩水，登高赏月，日子过得舒适自在。

朝廷知道谢安的才识，一心想再召用他，曾三番五次下令命他赴任，可每次都被谢安婉言辞谢，并一直在东山过着隐居生活。

谢安 40 岁以后，征西大将军、明帝司马昭的女婿桓温又派人请他做司马。面对外族的入侵，朝廷的腐败无能，国家处于危难之中的现实，使谢安再也不忍心继续隐居在东山了，于是答应了桓温的邀请。

谢安出了东山以后，屡建功勋。在有名的“淝水之战”中他任征讨大都督。由于他深谋远虑，指挥有方，结果以 5 万精兵打败不可一世的前秦苻坚的百万大军。

以后谢安做了更大的官，名望更大了。

这句成语原意是再度任职，后用来比喻失败后重新兴起。

东施效颦

传说春秋时期，在越国民间有一个出名的美女叫西施。她虽是平凡民间村女，可天生一副美色，脸若朝霞，眼若秋水，身材袅娜，模样轻柔，更兼有娇滴滴的一种明媚迷人的情态。总之，她的仪表，气质，一举一动都是美的，并且无人可及。西施虽有

东施效颦

美貌可身体不佳，尤其她有个心口痛的毛病。因为病痛，她有时不得不皱着眉头，捂住心口。

与西施同村有一个丑女，偶然一次看见西施这个样子，认为这样子一定很美，就也学着皱起眉头，捂住心口。

以后丑女出门总是先皱起眉头，捂住心口，一副病态。村里的人看到了，都非常害怕，有的人家关上门，不愿出门碰到她，有时即使在路上碰到她，也赶紧拉着妻儿，走远道而躲开。

后来人们给丑女起了个绰号叫“东施”。

这句成语原指丑人模仿美人姿态。后比喻不根据具体条件，盲目模仿别人，效果适得其反。

独当一面

张良是西汉初大臣，字子房。

公元前 208 年，张良聚众归刘邦后，成为刘邦的重要谋士，为刘邦夺取天下，出了不少的计谋。刘邦曾夸赞他“运筹帷幄之中，决胜千里之外”，深受刘邦的尊重。

有一次，刘邦、项羽交战到了彭城，刘邦的军队大败而还，撤到下邑（现安徽省砀山县）。刘邦非常恼火，他跳下马，对张良说道：“谁能替我出这口气，我就把关东让给谁，快告诉我，谁能有这种力量。”张良说：“九江的英布是西楚的猛将，现在与项羽发生矛盾。还有西楚大将彭越和齐国联合，准备背叛项羽，这两个人，可以利用。至于大王的将领，只有韩信可以立此大功，独当一面。如果大王把关东交给他们这三个人，你这口气一定能出，西楚必败。”

刘邦立刻按张良的话去做，最后果然打败了项羽。

这句成语指一个人担当或领导一个方面的工作。

对症下药

华佗是我国东汉末年的一位名医。他通晓养生之道，虽年近百岁却保持壮年的容貌。他又精于医方与用药。他给人治病，只要吃上几味药立刻病除。他对药物的分量心中也有数，不用称。每次给人针灸，不过选一两处穴位，每处不过灸七八次，病痛便消除，所以人们称他为“神医”。他还根据病人的实际情况，仔细诊断，找出病根，然后才开方下药。

有一次，郡府中官吏倪寻和李延一块来找华佗看病，两人都是头痛发烧，所感到的疼痛完全一样，华佗给他们仔细检查后，说：“倪寻吃下泻药，李延吃发汗药。”两人很奇怪，发出疑问道：“为什么同病而药不同？”华佗耐心地说：“倪寻的病根是在身体内部，脾虚所致，李延的病根是在外部，受寒引起，所以用药就得不同啦。”两人各自服了药，第二天病都好了。

这句成语比喻针对客观事物的具体情况，制定解决问题的方法。

分庭抗礼

有一次，孔子和学生们在河边的一个小树林里休息。学生们游戏，孔子就拿起琴弹了起来。这时一位白发白须的老渔父走上岸来，眯着眼，站在那里听孔子弹琴。过了一会儿，他问子路：“这位弹琴的人是谁呀？”子路马上说："就是讲究忠恕，身行仁义，当今闻名的圣人孔子。也就是我们的先生呀！"子路琅声说完，以为老人会恭敬地给孔子施礼或请教点什么。可没想到老人微笑了一下说："恐怕是危忘真性，偏行仁爱呀……"说完转身想走。

分庭抗礼

孔子这时正好一曲终了，他听到老人的话，放下琴，猛然起身，躬身施礼，说："圣人请留步，如此高深的教导，孔丘我很少领教，请您多多指教……"

渔父很善讲，还真的滔滔不绝地对孔子讲起理论来。孔子卑谦地站在那里，边听边点头。一直到天色已经很晚了，渔父才转身走了。而孔子却站在那里弯着腰躬着背施礼送别，目送很远，一直到看不见渔父的影子，他才惆怅地上车返归。

子路看先生这出乎寻常的表现很不理解地问："就是天子、诸侯，同您见面，也都是分庭抗礼，平起平坐。而今渔父傲慢无礼，您却对他那么恭敬，是否有失您的身份?”

孔子听了子路的话，不高兴地对他说：“不能这么说，我告诉你，遇年长的人不敬是失礼，遇贤人不尊是不仁。不仁不礼是祸根。你千万要记住啊!”子路点头表示听从。

这句成语比喻互不相下，或相对抗、闹独立。

分崩离析

孔子有个学生叫冉求，向来赞成鲁国大夫季孙，而不赞成他老师孔子的主张。孔子曾经要求他的学生公开声讨冉求。季孙准备攻打颛臾（鲁国的附庸），冉求去见孔子，说明季孙的意图，问可不可以。孔子大发脾气，说：“冉求！我最讨厌不说自己的贪心无厌，却一定要另找借口。”又说：“远人不服，而不能来也，邦分崩离析，而不能守也；而谋动干戈于邦内。吾恐季孙之忧不在颛臾，而在萧墙之内也。”意思是：“远方的人不归服，却不能招致；国家四分五裂，却不能保全，反而想在国境以内使用兵力。我恐怕季孙的忧患不在颛臾，而在鲁国内部呵!”

这个故事出于《论语·季氏》。

后来人们就用“分崩离析”这个成语来比喻四分五裂。毛主席曾在《和英国记者贝特兰的谈话》一文中用过这个成语。

覆水难收

汉朝时候，有个叫朱买臣的人，他嗜书如命，可是因为家境贫困，他不得不放下书本辍学归田，以种田卖柴维持一家老小的生活。

朱买臣虽然很辛劳，可每天他还是在种田的道上，卖柴的路上，边走边读书。

他的妻子见日子过得这么穷，朱买臣又这么没出息，只知读书，于是提出离婚。朱买臣恳求妻子说：“现在，我是很穷，可是我发奋读书，定会有出头之日，你会享受荣华富贵的，再忍耐一下吧，我们夫妻一场，千万不要这样扔下我离去呀!”可是无论朱买臣怎样挽留，他的妻子都不肯，坚决地走了。

朱买臣伤心地大哭一场。

过了几年，朝廷果真赏识朱买臣的才学，让他当了会稽太守。他上任那天，县官举行了隆重的仪式迎接他。朱买臣的妻子远远看见威风凛凛的新太守，正是自己以前的丈夫，不觉悲喜交加。

后来她又找到朱买臣，希望跟他和好。朱买臣便取了一盆水，泼在地上，对离他而去的妻子说："如果你能把这盆泼出去的水收回来，我就带你回家复婚。"她明白朱买臣是在拒绝她，伤心悔恨之极，回到家便自杀了。

这句成语比喻事情已经成了定局，就无法挽回。

百折不挠

典出汉·蔡邕《太尉桥玄碑》：高明卓异，为众杰雄，其性疾华尚朴，有百折而不挠，临大节而不可夺之风。

桥玄是东汉时期汉灵帝当政时的尚书令。后来还被任命为太尉。因为桥玄为人清正，刚直不阿，敢于同贪官污吏斗争，所以在当时朝野上下，他的知名度很高。

有一天，桥玄十岁的小儿子独自在家门前玩耍，忽然来了三个强盗将孩子绑架掠走。几天后强盗来找桥玄，向他索一笔钱赎回孩子，不然就将孩子杀害。桥玄气愤地骂道："我是朝廷命官，岂能容你们横行霸道，我要捉拿你们归案！"

这时河南尹、洛阳令率兵来捕强盗，已把桥玄府围住，但不敢进宅子，怕逼急了强盗会伤害孩子。桥玄见此情景，从院里大声疾呼："快来捉拿强盗，我岂能因一个孩子而放掉贼人！"结果强盗是被捕获了，他的小儿子却因此被人杀害。

桥玄失去了爱子很是悲痛，但他想如何才能杜绝这类案件发生呢？他想了几天，想出了一个办法，便向皇帝上书：

"以后凡是被贼人绑架走的，不许用钱赎回，那样贼人会越搞越凶的；官府捉到掠人为质的强盗一律处斩！"

朝廷按照桥玄的意见公布了法令。以后绑架劫持的事件才逐渐绝迹了。

桥玄年轻时候，在县里做功曹，官虽然小，可是他尽职尽责，敢检举朝廷大将军梁冀的朋友羊昌的罪行，他当汉阳太守时，发现自己属下的令皇甫祯贪赃枉法，便立即捉来处死，使整个郡的官民为之一震。后来，桥玄担任尚书令，他又告发太中大夫盖升搜刮民财，罪行累累，应该下牢办罪。可是皇帝与盖升有旧恩，感情密切，不同意桥玄的意见，不但不判盖升的罪，反而给他升官。桥玄一气之下称病辞职，回了家乡。

曹操对桥玄一向很景仰，那时曹操还是东汉的小官，没人认识他。一天，曹操去拜访桥玄，两人谈得很投机。桥玄对曹操说：

“你看现在天下动荡不安，我看你才智超人，将来安定国家、将息百姓的恐怕就是你了……”曹操非常感谢他，以为桥玄才是知己。

后来曹操掌握了大权以后，专程到桥玄坟地上吊唁他，曹操在祭文中称赞桥玄说：桥玄太尉是品德高尚的人，对待我像孔子对待颜渊，我永远不会忘记。

“百折不挠”这句成语就是从上述的故事和文章中来的，现在用它来比喻意志坚强，不论受多少挫折都不屈服。百折不挠也可写成百折不回。

不甘雌伏

典出《后汉书·赵典传》：温字子柔，初为京兆丞，叹曰："大丈夫当雄飞，安能雌伏?"遂弃官去。遭岁大饥，散家粮以振穷饿，所活万余人。献帝西迁都，为侍中，同舆辇至长安，封江南亭侯，代杨彪为司空。

东汉时期，有一个人叫赵典。汉桓帝（刘志）建和初年，赵典被拜为议郎，又升任侍中，出任弘农太守等职。死后，谥号为献侯。赵典有一个侄子叫赵温，字子柔。当初，赵温当京兆丞，食禄600石。赵温感叹地说："男子汉大丈夫要像雄鹰那样展翅高飞，怎么可以像母鸡那样趴在地上!"于是，他弃官而去。那一年，正赶上年成不好，闹饥荒，赵温散发家中的粮食赈济劳苦的饥民，共救济了1万多人。公元189年，汉灵帝死，皇子刘辩继位，何太后临朝，何进掌朝政。董卓引兵到洛阳，废皇子刘辩，立汉献帝（刘协）。为了缓和社会上的反抗，董卓和汉献帝从洛阳退避到长安。当时，赵温为侍中，同汉献帝坐着同一辆车抵达长安，被封为江南亭侯，代替杨彪做司空。

"不甘雌伏"就是从这个故事来的。它的意思是说，不甘心像雌鸟那样伏着不动。用来比喻不甘寂寞，不愿意无所作为。

不忘沟壑

典出《孟子·滕文公下》：陈代曰："不见诸侯，宜若小然；今一见之，大则以王，小则以霸。且《志》曰：'枉尺而直寻。'宜若可为也。"

孟子曰："昔齐景公田，招虞人以旌，不至，将杀之。志士不忘在沟壑，勇士不忘丧其元。孔子奚取焉？取非其招不往也。如不待其招而往，何哉？且夫枉尺而直寻者，以利言也。如以利，则枉寻直尺而利，亦可为与？"

战国时期，孟子的学生陈代建议孟子去拜见诸侯，对孟子说："您不去拜见诸侯，大概只是从小处保证自己清高的气节吧？如果您去拜见诸侯，从大处看，可以推行王道仁政，也可以称霸诸侯。况且《志》书上说过这样的话：'弯曲时只有一尺长，伸展开来就有八尺长了。'我觉得您可以那样去做。"

孟子回答道："从前齐景公打猎，用饰有羽毛的旗帜召唤猎苑的管理员，那个小吏认为齐景公的行为不合乎

不忘沟壑

礼数，因此不予理睬，齐景公就准备杀他。可见有志气的人为了坚持节操不怕抛尸山沟，勇敢的人为了维护正义不怕掉脑袋。孔子赞许那个猎苑管理员什么呢？就是赞许他对不是自己应该接受的召唤，坚决不答应，硬是不去。如果我不管诸侯邀请没有，硬是前去，那又是怎样的行为呢？你说弯曲时只有尺把长，伸展开来就有八尺长，那是从利益的角度考虑问题。如果单从利益的角度考虑问题，弯曲时有八尺长，伸展开来仅仅尺把长，而又是有利的，难道也可以去干吗？”

“不忘沟壑”就是从这个故事来的。沟壑：山沟，古人常用它指野死弃尸之处。人们用“不忘沟壑”形容时刻不忘为正义而献出生命。

不因人热

典出《东观汉记·梁鸿传》：梁鸿省孤，以童幼诣太学受世，治《礼》、《诗》、《春秋》。常独坐止，不与人同食，比舍（近邻）先炊已，呼鸿及热釜炊。鸿曰：“童子鸿，不因人热者也。”灭灶更燃火鸿家贫而尚节，博览无不通。

东汉时，文学家梁鸿为人孤傲，清贫自守。他同妻子孟光一起隐居在吴地，替别人当佣工。由于生活困难，常常寄居在别人家里。

有一次，梁鸿夫妇寄住在一家当地人家里，这家人做完饭后，见梁鸿还没有生火做饭，就关心地说：“我的饭已经好了，灶里的火还燃着，何不趁着余火，你接着做饭吧。”梁鸿听后，就像受到了羞辱一样，正色地说：“你的好意，我们心里是知道的，但一个人处世，怎么能利用别人的余火来加自己的热呢？”梁鸿说完，舀来水灭掉灶中的火，重新升起火做饭。

后人用“不因人热”比喻性情孤傲、不依赖别人。

春服舞雩

典出《论语·先进》：子路、曾皙、冉有、公西华侍坐。子曰：“以吾一日长乎尔，毋吾以也。居则曰：‘不吾知也！’如或知尔，则何以哉？”子路率尔而对曰：“千乘之国，摄乎大国之间，加之以师旅，因之以饥馑，由也为之，比及三年，可使有勇，且知方也。”夫子哂之。“求！尔何如？”对曰：“方六七十，如五六十，求也为之，比及三年，可使足民。如其礼乐，以俟君子。”“赤！尔何如？”对曰：“非曰能之，愿学焉。宗庙之事，如会同，端章甫，愿为小相焉。”“点！尔何如？”鼓瑟希，铿尔，舍瑟而作，对曰：“异乎三子者之撰。”子曰：“何伤乎？亦各言其志也。”曰：“莫（同“暮”）春者，春服既成，冠者五六人，童子六七人，浴乎沂，风乎舞雩，咏而归。”夫子喟然叹曰：“吾与点也！”

春秋时期的孔子，经常同他的学生们讨论问题。有一天，子路、曾皙（名点，字子皙）、冉有（即冉求）、公西华四个人陪孔子坐着。孔子说：“你们平时总说：‘没有人知道我呀！’假如有人知道你们，任用你们，那你们要干些什么呢？”子路急忙回答说：“一个拥有1000辆兵车的国家，夹在大国中间，常受别国军队侵犯，加上内部又有饥荒，让我去治理，只要3年，就可以使人们勇敢善战，而且懂得遵守礼义。”孔子听了，讥讽地微笑着。他又问：“冉求，你怎么样呢？”冉求回答说：“一个六七十里见方，或者五六十里见方的小国家，让我去治理。只要3年，就可以使老百姓饱暖。至于空虚国家的礼乐，那只有等待君子来实行了。”孔子又问：“公西赤（即公西华）！你怎么样呢？”公西赤回答说：“不敢说我能够做到，而是愿意学习。在宗庙祭祀的工作中，或者在同别国的盟会中，我愿意穿着礼服，戴着礼帽，做一个小小的赞礼人。”孔子又问：“曾点，你怎么样呢？”这时，曾点放慢弹瑟的速度，节奏逐渐稀疏，最后“铿”的一声，离开瑟站起来，回答说：“我和他们三位所说的不同。”孔子说：“有什么关系呢！不过是各自谈谈自己的志向罢了。”曾点说：“暮春时节，天气转暖，已经穿上了春天的衣服。我邀集五六位成年人，六七个少年人，去沂河里洗洗澡，在舞雩台上吹吹风，一路唱着歌走回来。”孔子长叹一声说：“我赞成曾点的想法。”

“春服舞雩”就是从这个故事来的。舞雩：地名，在山东省曲阜县，原是祭天求雨的地方。后来，人们用“春服舞雩”形容春光、春景；或用以比喻志向不俗。

发愤忘食

典出《论语·述而》：其为人也，发愤忘食，乐而忘忧，不知老之将至云尔。

有一天，楚国叶县的县尹沈诸梁去找孔子的学生子路，请他谈谈对孔子的看法。沈诸梁满怀希望而去，而子路却一语不答，他只好怏怏而回。过了几天，子路把这事如实地告诉了孔子。孔子听后很有点不高兴，埋怨子路道：“你为什么不说，他在研究学问的时候，用功读书学习，连饭都忘了吃，等到他明白了一个道理的时候，就快乐得忘记了忧愁，不知衰老将要临头了！”子路面有愧色地说“老师，我当时糊涂，不知如何回答才好。现在我明白了，今后如有人再问老师的为人，我一定照老师的话回答。”孔子听后笑着说：“好，好，好。”

后人用“发愤忘食”来形容学习努力，工作十分勤奋。

横槊赋诗

典出《旧唐书·杜甫传》：元和中，词人元稹论李、杜之优劣曰：“……建安之后，天下之士遭罹兵战，曹氏父子鞍马间为文，往往横槊赋诗，故其遒壮抑扬、冤哀悲离之作，尤极于古。”

唐代天宝（公元742～756年）末年的诗人中，杜甫与李白齐名，二人又是好朋友。时隔几十年以后，到了唐宪宗（李纯）元和（公元806～820年）年间，诗人元稹（字微之，河南人，公元779～831年）写了《唐故工部员外郎杜君墓系铭并序》，评价杜甫、李白二人诗作的成就与优劣。元稹历述自尧、舜以来，直至杜甫、李白的时代，各朝各代诗歌的发展与进步，其中谈到曹操父子的诗作。他写道："自从东汉献帝（刘协）建安（公元196～219年）年间以来，天下的士人遭受战争的忧患，曹操父子在戎马倥偬中写诗作文，往往在行军途中，在马背上横着长矛吟诗，所以他们的诗词慷慨悲壮，充满了哀怨离愁，远远超过古人。"

"横槊赋诗"就是从这个故事来的。槊：古代兵器，一种长矛。"横槊赋诗"的意思是，行军途中在马背上横着长矛吟诗。人们多用它形容能文能武的豪放潇洒风度。

尽忠报国

典出《北史・颜之仪传》：公等备受朝恩，当尽忠报国。

《宋史・岳飞传》："初命何铸鞫之，飞裂裳以背示铸，有'尽忠报国'四大字，深入肤里。"

宋徽宗时，北方金人，屡次向宋侵略，那时宋朝政治腐化，国防空虚，无法抵御庞大的金兵，屡次战败，结果黄河以北的土地，全部被金兵占领去。徽宗和他的儿子钦宗，在东京汴梁被攻陷时，也被俘虏，解到北方，后来死在那里。这时徽宗第九子康王赵构从北方逃出来，渡过长江，跑到浙江临安（今杭州）去就位，算是延续了宋朝，历史上叫做南宋。但金兵得到中国北边大片土地，还贪心不足，想尽得中国土地，继续派大兵向宋进攻。

那时汤阴有一个英雄姓岳名飞，很有大志，武艺与兵略都出众，日夜忧虑国事。见当政人大都是昏庸无能，恣意玩乐，任情享受，争夺私利，不把国事放在心上，所以他时时在家里长吁短叹。岳飞的母亲，是一位很深明大义的贤母，见儿子忧虑国事，想为国家做一番大事，非常欢喜，时时鼓励他。有一日，她见儿子在书房叹息，对儿子说：“你不要忘记报国，我给你在背上刺几个字吧！你愿意吗?”岳飞又忠又孝，听了母亲的话，马上把上衣脱下来，让母亲刺字。于是岳母在他背上刺了“尽忠报国”四个大字。

后人用“尽忠报国”形容志士竭尽忠心报效国家。

精卫填海

典出《山海经·北山经》：发鸠之山，其上多柘木，有鸟焉：其状如乌，文首，白喙，赤足，名曰“精卫”，其鸣自叫。是炎帝之少女，名曰女娃。女娃游于东海，溺而不返。故为精卫，常衔西山之木石，以堙于东海。

在古代，有一座发鸠山，山上长着许多柘树，树上有一种鸟。它的形状像是乌鸦，头上有花纹，白色的嘴，红色的脚，名字叫“精卫”。它叫起来，总是自己在呼唤自己的名字。它本是古代教人如何种植五谷的神农氏的女儿，名叫女娃。有一次，女娃在东海里游玩，不幸溺水而死，再也回不了家，因此就变成了精卫鸟。精卫每天不停地衔来山上的树枝和石块，填塞到东海里，决心要把淹死它的东海填平。

“精卫填海”就是从这个故事来的。“精心填海”比喻有深仇大恨，立志必报。或比喻不怕艰难险阻，勇于拼搏奋斗，不达目的，誓不罢休。有时也比喻徒劳无益。

夸父逐日

典出《山海经·海外北经》：夸父与日逐走，入日，渴欲得饮，饮于河渭，河渭不足，北饮大泽。未至，道渴而死。弃其杖，化为邓林。

上古时代，有一个神人名叫夸父，他有一个伟大的志向，想要追上太阳。那一天，太阳刚刚从地平线上露出半边脸，夸父便甩开两条长腿，由东向西奔走。一天内，他不吃不喝，只是拼命地追逐着日影，与它竞走。

到了下午，夸父追赶着太阳到了它将要落下的隅谷之处。但此时，夸父感到极其口渴，必须马上喝下大量的水。

于是，夸父跑到黄河边上去喝水。他一口气将黄河的水喝得精光，使黄河显出了河床。但他还是很渴，又跑去喝渭水，渭水也让他喝干了。然而，夸父仍然没有止住渴，胸间如有火焚烧，非常难受。

这时，他想起北方的雁门山下有一个大湖，纵横千里，极为宽阔。“那里水多，一定能让我止渴。”他又迈开步伐，向北而去。

但是，夸父实在渴得难受，似乎连路也走不动了。大湖又是那么遥远，一时难以赶到。夸父艰难地走了一阵，还没等赶到大湖，他便因过度饥渴而倒在地上死去了。

夸父倒地时，扔下了他的手杖。他死之后，手杖化作了一大片桃林，绵延数千里。

后人用这个典故形容志向虽大，但难以成功。亦比喻有雄心壮志的人，或不自量力的人。

揽辔澄清

典出《后汉书·范滂传》：时冀州饥荒，盗贼群起，乃以滂为清诏使，案察之。滂登车揽辔，慨然有澄清天下之志。

东汉时，有一个叫范滂的官吏，字孟博，汝南征羌（今河南郾城东南）人。他初为清诏使，迁光禄勋主事。后为汝南太守抑制豪强，并与太学生结交，反对宦官。

据《后汉书》记载，范滂是一位正直严明的官吏。

揽辔澄清

桓帝时，冀州发生大灾荒，贪官污吏趁机搜刮，老百姓纷纷起来暴动。朝廷派范滂巡行冀州，举发不法贪官。范滂登车出发的时候，想到严重的天灾，恶劣的政局，感慨万分，立志扫除奸邪，澄清天下。冀州的那帮子贪官污吏听说范滂要来了，辞职的辞职，逃跑的逃跑。后来，范又上书弹劾一些刺史、太守，但没有得到朝廷的支持。延熹九年（公元 166 年），范滂与李膺等同时被逮，次年释放还乡。后来，再度被逮，死在狱中。

根据范滂“登车揽辔，慨然有澄清天下之志”的记载，后人引伸出“揽辔澄清”，原指走马上任，便有澄清天下的抱负。后指革除弊政，扭转衰乱局面的报负。

老骥伏枥

典出东汉·曹操：《步出夏门行·龟虽寿》：神龟虽寿，犹有竟时；螣蛇乘雾，终为土灰。老骥伏枥，志在千里；烈士暮年，壮心不已。

公元 207 年（汉献帝建安十二年），曹操北征乌桓（汉末辽东半岛上的少数民族），消灭逃到乌桓的袁绍残部。曹操这次远征乌桓，一路上战胜了缺粮、缺水及道路艰险等重重困难。军中缺粮，曾经忍痛杀掉数千匹战马充饥。行军途中遇到 200 里无水源，曹操发动战士凿地 30 丈取水。曹操在回师途中，经过渤海，登临碣石，不禁心潮澎湃，挥笔写下了《步出夏门行》的著名诗篇，抒发了自己的豪情壮志。在《龟虽寿》这首诗中，曹操写道：“（古代传说）神龟虽然能活几千年，可是它还会死的；（古代传说）神蛇能乘云雾升天，可是它终于死了化为灰烬。千里马伏在马棚里，志在驰骋千里；壮志强烈的人到了迟暮之年，其雄心壮志也不会消逝。”

“老骥伏枥”就是从这个故事来的。骥：千里马。枥：

马槽。人们用“老骥伏枥”形容虽然年迈而壮志犹存。

廉颇善饭

典出《史记·廉颇蔺相如列传》：赵孝成王卒，子悼襄王立，使乐乘代廉颇。廉颇怒，攻乐乘，乐乘走。廉颇遂奔魏之大梁。其明年，赵乃以李牧为将而攻燕，拔武遂、方城。廉颇居梁久之，魏不能信用。赵以数困于秦兵，赵王思复得廉颇，廉颇亦思复用于赵。赵王使使者视廉颇尚可用否。廉颇之仇郭开多与使者金，令毁之。赵使者既见廉颇，廉颇为之一饭斗米，肉十斤，被甲上马，以示尚可用。赵使还报王曰：“廉将军虽老，尚善饭，然与臣坐，顷之三遗矢矣。”赵王以为老，遂不召。

公元前244年，赵孝成王死了，他的儿子悼襄王即位，委派乐乘为将，取代廉颇。廉颇大怒，率兵攻打乐乘，乐乘逃避。廉颇逃奔到魏国的首都大梁（今河南省开封市）。第二年，赵国派李牧为将率兵攻打燕国，打下了武遂、方城。廉颇在魏国居留了很长时间，魏国也不信用他。赵国数次被秦军所困扰，悼襄王希望能再次起用廉颇，廉颇也想再次为赵国效力。于是，赵王派使者赴魏，考察一下年迈的廉颇是否还可以任用。廉颇的仇人郭开送给使者很多金子，大加贿赂，叫他说廉颇的坏话。这个使者见到廉颇之后，廉颇为了表示健康，一顿饭吃了1斗米10斤肉，披着铠甲，纵身上马，以显示自己老当益壮，尚可任用。那个受贿的使者回来以后，对悼襄王说："廉将军虽然年迈，但饭量尚好。可是，同我坐着坐着，一会儿就拉了三回屎。"赵王觉得廉颇的确老而无用了，就没有召回来任用他。

"廉颇善饭"就是从这个故事来的。它的意思是说，大将廉颇虽然老了，但是饭量尚好。人们用"廉颇善饭"比喻人老当益壮，雄风不减当年。

"三遗矢"也是从这个故事来的。遗矢就是拉屎。"三遗矢"就顷刻之间多次拉屎。人们用"三遗矢"表示年迈力衰，不堪任用。

马革裹尸

典出《后汉书·马援传》：援曰："方今匈奴、乌桓尚扰北边，欲自请击之。男儿要当死于边野，以马革裹尸还葬耳，何能卧床上死在儿女子手中邪!”冀曰：“谅为烈士，当如此矣。”

马革裹尸

马援，字文渊，东汉茂陵（今陕西）人。有一次打了胜仗回来，他的老朋友们都去慰劳他，去向他道贺。光武帝也给他优厚的赏赐。马援觉得他的功劳微薄，赏赐太厚了。以前的伏波将军路博德开辟南越，建立了七个郡，只有几百户的封地，如今自己的功劳还比不上他，却得了一县的俸禄，感到微薄的功劳，受不起这样厚的赏赐，所以想替国家再立些功劳。

恰巧此时匈奴、乌桓劫掠扶风的地方，马援向光武帝请缨，愿意去征伐。在出发前马援很慷慨地说：“大丈夫当效死疆场，以马革裹着尸体回来，怎能卧在床上，被拘束在儿女手中呢!”

后来人们用“马革裹尸”比喻愿意死在战场上，拿马革来包裹尸首，表示爱国的忠诚，豪迈的志气。

猛着祖鞭

典出《晋书·祖逖传》：（逖）与司空刘琨俱为司州主簿，情好绸缪，共被同寝。中夜闻荒鸡鸣，蹴琨觉曰：“此非恶声也。”因起舞。

《晋书·刘琨传》：琨少负志气，有纵横之才，……与范阳祖逖为友，闻逖被用，与亲故书曰：“吾枕戈待旦，志枭逆虏，常恐祖生先吾着鞭。”

东晋时代，有两位很有名的爱国志士：一位姓祖名逖，字士雅，另一位姓刘名琨，字越石，他们两人都是志同道合的好朋友。当时中国的北部地方，被匈奴、鲜卑、氐、羌、羯等民族先后占据了，其中羯族的首领石勒，建立了后赵国，势力最为雄厚。祖逖和刘琨两人都是互相勉励，以打退异族的侵略和收复失地作为自己的志向。有一次，他们两人同睡一床，夜深了，祖逖听到鸡鸣的声音，使用脚尖儿轻轻地把刘琨踢醒，说道："你听，是时候了。"于是他们便起来练习舞剑，从不间断。当石勒攻陷了西晋的国都洛阳的时候，他们来到了南方。在渡江的时候，祖逖一面击着桨子，一面对着江水发誓，决心要恢复中原。后来刘琨在他寄给一个亲友的信里面说道："我枕着戈矛，等待天明，就是因为立定意志要把逆贼的头颅取过来，我常常恐怕这件事情会给祖生先我一步着鞭呢！"他说的祖生，指的就是祖逖。着鞭就是拿起鞭子抽动，叫马儿往前奔跑的意思。这两位英雄后来替国家立了很大的武功。只因为当时政府用人不当，没有机会给这两位志士尽量施展本领的空间，在历史上只留下了"闻鸡起舞"，"渡江击楫"和"祖鞭先着"等佳话给我们。

后人用"猛着祖鞭"比喻立下远大的志向。

磨杵作针

典出《潜确类书》："李白少读书，未成弃去，道逢老妪磨杵，白问其故，曰："作针。"白感其言，遂卒业。"

唐代大诗人李白在少年时代一度不认真读书学习。有一次，该读的书还没有读完，他就出门玩耍了。路上，有一位老太婆正在吃力地磨着一根铁棒，李白见了，觉得很奇怪，便问道："您老人家为什么要磨这根铁棒呢？"老太婆说："我要把它磨成一根针。"李白被老太婆的话感动了，于是回到家里发愤读书，出色地完成了学业，终于取得了很大的成就。

"磨杵作针"就是从这个故事概括出来的。它用来比喻做事要有毅力，勤奋不辍就会取得成功。现在谚语中有"只要功夫深，铁杵磨成针"的说法，也是说明这种意思。

锲而不舍

典出《荀子·劝学》：锲而舍之，朽木不折；锲而不舍，金石可镂。《劝学》是《荀子》一书的开宗第一篇。在这篇文章中，荀况比较系统地阐述了他的教育思想。荀况认为，人的知识并非先天就有，而是通过后天的学习、教育和环境的影响而取得的。他用“青出于蓝而胜于蓝”的形象比喻，说明学无止境和后来居上的道理。他劝导人们在学习时要“锲而不舍”，“用心一也”。

荀况说：土堆积起来成了山，风雨便从这里发生（古代有山吐云纳雾的说法，并认为风雨是从山中形成的。荀况借此说明只要坚持不懈，专心致志，就能有所作为）；流水聚集多了便成为深渊，蛇龙就从这里产生了。不断地做好事而养成高尚的品德，那么自然就会达到高度的智慧，也就具备了圣人的精神境界。所以不从半步走起，就不可能到达千里远的地方；不聚集涓涓细流，就不可能汇集成大江大海。好马一跳，也不能行十步；劣马走十天能走很远的路程，其成功在于不放弃自己的努力。雕刻东西如果刻刻停停，就是一块朽木也刻不断；如果坚持雕刻而不停止，那么金石也可以雕出花纹。

后人用“锲而不舍”的这个典故比喻坚持不懈。

扫除天下

典出《后汉书·陈蕃传》：蕃年十五，尝闲处一室，而庭宇芜秽。父友同郡薛勤来候之，谓蕃曰："孺子何不洒扫以待宾客？"蕃曰："大丈夫处世，当扫除天下，安事一室乎！"勤知其有清世志，甚奇之。

东汉桓帝时期，有一个人叫陈蕃，字仲举，汝南平舆人，曾任乐安、豫章太守，又升迁为太尉、太傅，被封为高阳侯。为人刚直不阿，崇尚气节，有远大的志向。陈蕃15岁时，住在一间房子里，而庭院里长满了杂草，又很脏乱。有一次，父亲的朋友、同郡人薛勤来拜访，对陈蕃说："你这小孩子，为什么不把住处打扫干净，以便接待客人呢？"陈蕃回答说："大丈夫生在世上，应当扫除天下邪恶，怎么能只打扫一间屋子呢！"薛勤知道他有平治天下的远大志向，甚为惊奇。

"扫除天下"就是从这个故事来的。它的意思是扫除天下的邪恶，肃清世乱。人们用它形容有远大的抱负。

色衰爱弛

典出《韩非子·说难》：昔者弥子瑕有宠于卫君……及弥子色衰爱弛，得罪于君。

春秋时，卫灵公宠爱夫人弥子瑕。当时卫国的法令规定：偷窃君王马车的人要砍去双腿。一天，弥子瑕母亲得了病，有人在夜晚带信到宫中，弥子瑕心里非常着急，她想请求卫灵公借一辆马车回家看望母亲，可是卫灵公正在酣睡。情急之中，她假冒卫灵公的命令，叫人驾车奔回家中。第二天，卫灵公知道此事后，不仅不怪罪，反而赞叹地说："多么有孝道啊！弥子瑕为了母亲的病，竟然不顾砍掉双腿！"又过了几天，弥子瑕与灵公一起，携手在果园漫步。果园里种的是桃和李，这时正是桃红李熟的季节。弥子瑕来到树下，摘了一个又大又红的桃子，吃了一半，就将桃子递给卫灵公，要他尝尝。卫灵公拿着吃剩的半边桃子，感动地说："想不到你这么爱我，吃了一半，也忘不了给我另一半！"说完，卫灵公几口将桃子咽下，觉得真是如蜜似的甘甜。

后来弥子瑕年岁大了，不如从前那么美丽，卫灵公就不再宠爱她，并把她赶出宫门。临走时，卫灵公对她说："你曾经假冒我的命令偷驾马车回家，论罪应该砍掉双腿；你曾经将吃剩的桃子给我，那是无视君王，论罪应该杀头。现在我不杀你，你回去吧！"

弥子瑕想不到卫灵公这样对他，心里十分悲伤，痛哭着回到了家中。

后人用"色衰爱弛"形容女人年老后容貌不及年轻时，丈夫就逐渐对她厌恶起来。

舍我其谁

典出《孟子·公孙丑》：如欲平治天下，当今之世，舍我其谁也？

战国时，孟子门下聚集了许多学生，他们经常向孟子提出一些治理国家的问题，孟子呢，就认真地解答，将儒家的学说加以发挥。一天，当孟子开堂讲学后，一个学生问道："先生昨天讲人重要的是有'不忍人之心'，那是什么意思呢？"孟子轻轻地咳了一声，然后从容地说："所谓不忍人之心，就是不忍无故伤害别人的想法。从前的帝王，如周文王、周公等，有了这种思想，所以能建立一个统一的国家。如果现在的统治者都不愿伤害别人，而是爱护自己的百姓，那么，治理天下不就像运转一个小泥丸一样的容易了吗？为什么说人都有不忍人之心呢？举个例子来说，人们看见一个可爱的小孩子将要掉进一口深井里，心里都会产生一种恐惧同情的念头。一个人具备了同情心，就知道羞耻，就产生了智慧，这是一个人最基本的东西呀。如果将它发扬光大，就像刚刚点燃的烈火，缓缓流出的泉水一样，还能够逐渐扩大，那不就可以安定天下了吗？"学生听了都点头称赞先生讲得很好。

舍我其谁

后来当孟子离开时，一个学生在路边问他："先生，您好像有点不愉快！您不是说过君子不埋怨上天，不归罪于别人吗？”孟子一下笑了，说：“过去是一个时代，现在又是一个时代。历史过五百年就要产生一个英明的君王和圣贤，从周武王到现在，已经七百多年，如果上天要产生一个圣贤，除了我以外，还有谁呢？”

含义及用法：此故事有四个典故：①恻隐之心：本指不忍伤害别人的念头，现指同情别人的不幸。②“怨天尤人”：即不顺心时就怨恨天命，责怪别人。③“此一时，彼一时”：过去与现在情况不同，不能相混。④“舍我其谁”：只有我才能担任某一工作或任务，形容态度狂妄或十分自信。

始终不渝

典出《晋书·谢安传》：“安虽居朝寄，然东山之志，始末不渝，每形于言色。”

谢安，是东晋时的一位政治家。他年轻时，曾涉入官场，但目睹官场的种种丑恶现实，便隐居在会稽郡上虞县附近的东山，游山玩水，不问朝政。到了四十多岁时，他东山再起，又入朝做官，孝武帝时位至宰相。当时，前秦强盛，攻破梁、益、樊、邓等地（今陕西、四川、鄂西北），谢安任其弟谢石和侄子谢玄为将领，加强防御。太元八年（公元 383 年），前秦军南下，江东大震。谢安又使谢石、谢玄等力拒，获得淝水之战的胜利，并以都督十五州军事率军收复洛阳及青、兖、徐、豫各州。

淝水之战胜利以后，东晋统治集团内部互相倾轧，彼此你争我夺，会稽王司马道子执政，排挤谢氏。面对这种情况，谢安更觉仕途险恶，所以虽在朝廷任职，但退隐东山之志始终没有改变，而且常常在言行上表现出来。公元 385 年，谢安从广陵回京，不久病死，时年 65 岁。

“始终不渝”即自始至终都不改变。人们常用来形容意志坚定。

四方之志

典出《左传·僖公二十三年》：（姜氏）谓公子（重

耳）曰："子有四方之志，其闻之者，吾杀之矣。"公子曰："无之。"姜曰："行矣，怀与安，实败名。"

春秋时，晋公子重耳逃亡到齐国，齐桓公很优待他，给他吃好的、住好的、还给他娶了妻子，即姜氏。这时的重耳，仅驾车的马就有八十多匹，他生活过得很舒服，就不再作远大的打算了。可是重耳的随从人员却不满意他如此没有志气。有一天，他们偷偷来到桑园里商议用什么方法使重耳离开齐国。不料姜氏的一个女仆正在采桑叶，偷听了他们的话，赶紧报告给姜氏。姜氏听了，当即把女仆杀死，然后对重耳说："你有远行四方的大志，偷听到消息的女仆，我已经杀掉了。"

当时重耳很惊讶，他说："我并没有打算离开你，也没有打算离开齐国啊！"姜氏说："你应该去游说各国，在各国的帮助下回到晋。须知贪图安逸，生活圈子狭小是会害你的。"但是重耳还是不听她的劝告。姜氏就和狐偃（重耳的舅舅，随同重耳一起出逃的人之一）想出了一个计策，用酒把重耳灌醉，趁他昏睡时，抬上车子，立刻离开齐国。等他酒醒来，早已赶了好多路程了。

后人用"四方之志"或"志在四方"比喻一个人有远大的理想。

苏武牧羊

汉武帝几次派兵远征匈奴，取得辉煌的胜利，使匈奴不得不遣使求和。武帝也不愿再度发动战争，所以派中郎将苏武为正使、副中郎将张胜为副使，带了许多礼物出使匈奴，双方修好。

出发前，汉武帝亲手把“使节”交给苏武。“使节”是一根七八尺长的竹竿，顶部垂下一条皮带，带上饰有一团团的毛绒球，是使者代表皇帝的标志。

苏武到了匈奴，一切都很顺利。谁知正准备回国时，使团中有人背着苏武与张胜商议，要刺杀一个已经当了匈奴大官的汉朝叛徒。事情暴露后，匈奴把苏武扣留了。匈奴准备审讯苏武，苏武说：“我是皇帝的代表，审我等于审皇上，这种耻辱不能忍受！”于是拔出剑自刎。谁知抢救及时，苏武没有死成。

匈奴单于很钦佩苏武的忠贞，希望他能投降自己，为自己服务。于是早晚派人问候，送汤送药，企图软化苏武。然而苏武毫不为其所动。软的不行，单于又来硬的，把苏武放在一个贮藏毛毡的地窖里，不给饮食。但他还是不屈服，蜷卧在地窖里，渴了就吃积雪，饿了就嚼毡毛，硬是坚持了许多天没有死。对这样的人，单于也没办法，但又不甘心，就命人把他押到北海（今贝加尔湖）边上去放羊。

北海边上，终年白雪漫天，荒无人烟，苏武住在那里一住就是19年。使节上的绒毛都脱落了，可他还是时刻握在手中，连睡觉都从不离身。看着它，他似乎看到了皇上，贴着它，他似乎靠近了故乡。

汉武帝死后，汉昭帝即位，又派使者前往匈奴修好。使者要求匈奴放回苏武，匈奴方面假称他已经死了。后来使者打听到苏武的确切消息后对匈奴单于说："我们皇上在上林苑打猎，射下一只从北海飞来的大雁，在大雁的脚上系着一封帛书，正是苏武写给皇上的信，信上说他在北海放羊，你们怎么说他死了呢？"单于这才不得不派人把苏武找回，由新来的使臣接回汉朝。

苏武出使匈奴时，是个四十出头儿的壮年的汉子，回来时已是年过花甲、须毛皆白的老人了。他终于把那根已经秃了的"使节"送到汉武帝的灵前，完成了自己的使命。

苏武牧羊的故事反映了苏武高尚的节操。

陶侃运甓

典出《晋书·陶侃传》：侃在州无事，辄朝运百甓于斋外，暮运于斋内。人问其故，答曰："吾方致力中原，过尔优逸，恐不堪事。"其励志勤力，皆此类也。

陶侃在任广州刺史时，闲暇之际，就在早晨把100块砖运到室外，晚上再把这些砖运回室内。别人问他为什么要这样做？陶侃回答道："我将致力于恢复中原，为国家效力。如果过于优越安逸，恐怕担当不了重大的责任。"他砥砺志气，勤于政务，还有许多此类的事例。

"陶侃运甓"就是从这个故事来的。甓：砖。人们用"陶侃运甓"表示刻苦自勉，锻炼身心，立志建功立业。

痛饮黄龙

典出《宋史·岳飞传》：……皆期日兴兵，与官军会。其所揭旗以“岳”为号，父老百姓争挽车牵牛，载糗粮以馈义军，顶盆焚香迎候者，充满道路。自燕以南，金号令不行，兀术欲签军以抗飞，河北无一人从者。乃叹曰：“自我起北方以来，未有如今日之挫衄。”金帅乌陵思谋素号桀黠，亦不能制其下，但谕之曰：“毋轻动，俟岳家军来即降。”金统制王镇，统领崔庆，将官李觐、崔虎、华旺等皆率所部降，以至禁卫龙虎大王下仡查千户高勇之属，皆密受飞旗榜，自北方来降。金将军韩常欲以五万众内附。飞大喜，语其下曰：“直抵黄龙府，与诸君痛饮尔！”

公元1129～1130年，金兀术率领金兵大举南下，想一举消灭南宋政权。民族英雄岳飞（公元1103～1142年）率军屡次挫败金兵，取得很大胜利。

岳飞在多次大败金兀术以后，又派人与黄河、淮河一带的起义军联络，让他们与南宋官军会师。各路起义军纷纷响应，打起了“岳”字号的大旗，父老百姓争着拉车牵牛，载着粮食送给义军，顶盆焚香在道路两旁迎接。金兀术在燕山以南的占领区内，发出的号令已经失效，金兀术打算征兵抵抗岳飞，可是在河北一带无一人应征。金兀术叹息说：“自我南下以来，从未遭到过这样的挫折。”金兀术手下的一个大帅叫乌陵思谋，向来很聪明能干，可是也管不住队伍了，他对部下说：“不要轻举妄动，等岳家军到来时，我们立即投降。”金兵统制王镇，统领崔庆，将官李觐、崔虎、华旺等都率领所辖部队投降，龙虎大王突合速帐下的心腹禁卫，像查千户、高勇之等人，都秘密接受了岳飞的旗帜，从北方赶来投降。金兵将军韩常还打算以 5 万兵为内应，响应岳飞。岳飞大喜，激励将士们说：“我要一直打到金国的首都黄龙府，与诸君痛饮一番！”

“痛饮黄龙”就是从这个故事来的。黄龙：府名，治所在今吉林农安县（一说在辽宁开原县境），金国的首都。人们用“痛饮黄龙”表示坚决消灭敌人的豪情壮志。

闻鸡起舞

典出《晋书·祖逖传》：（逖）与司空刘琨俱为司州主簿，情好绸缪，共被同寝。中夜闻荒鸡鸣，蹴琨觉曰："此非恶声也。"因起舞。

闻鸡起舞

晋朝时候，有位轻财好侠，豁达而有大志的青年，名叫祖逖（字士雅，长阳人），他经常送食物和衣服等救济贫苦的人，所以村里的人，都非常的尊敬与看重他。当时，他有一个极好的朋友名刘琨，也是生性豪迈，胸襟开阔的，两人平时同住一室，互相砥砺，研究学问，检讨事业上的得失，都想有机会为国家效劳。

一天凌晨，大地一片凄清沉静，突然响起了一阵嘹亮的鸡啼，祖逖为之惊醒，就把同被而卧的刘琨轻轻踢醒："你听，鸡啼声多清脆悦耳，它引吭高歌，不是要唤醒有为的青年发愤图强吗？"

"是呀！我们不能贪睡了！"刘琨也跟着披衣下床。

两人踱到院中，感到阵阵的寒意，战栗得安不下心来读书："我们何不来舞剑呢，舞剑既可锻炼身体，又可借以取暖！"祖逖这样提议着，于是刘琨也立刻同意，便从卧室里取出剑来，两个人就在曙光将露前挥舞起来，越舞越有精神；越舞越有气力，直到东方既白为止。

后来祖逖被晋元帝赏识，奉命做豫州（在今河南省）的刺史，他慷慨以澄清中原，北伐判逆为己任。率领精心训练的部队，渡江北去，船到了中流，他击着楫（俗名桨）发誓说："祖逖如果不能肃清中原，便如大江东流一样一去不返！"他慷慨激昂的陈词，感动了官兵，他们作战时个个勇往直前，奋发争先，终于打败了石勒，把黄河以南的失土收复回来。

"闻鸡起舞"表示志士勤力奋发，准备为国效力。

毋忘在莒

典出《吕氏春秋·直谏》：齐桓公、管仲、鲍叔、宁戚相与饮，酒酣，桓公谓鲍叔曰："何不起为寿？"鲍叔奉杯而进，曰："使公毋忘出奔在莒也，使管仲毋忘束缚而在于鲁也，使宁戚毋忘其饭牛而居于车下。"桓公避席再拜，曰："寡人与大夫皆毋忘夫子之言，则齐国之社稷幸于不殆矣。"

春秋时，齐襄公无道，当时身为公子的齐桓公曾逃到莒国避难。襄公被杀，他才回国就位。有一次，齐桓公、管仲、鲍叔、宁戚等一道饮宴。酒酣之际，桓公对鲍叔说："你怎么不起来敬酒祝寿呢？"鲍叔举起酒杯道："愿您不要忘记出奔在莒的日子！"

后人于是用"毋忘在莒"比喻永不忘本的意思。

心坚石穿

典出《野客丛书》二八："世言心坚石也穿。"

从前有个姓傅的青年，一心想寻求成仙的途径，于是抛弃了财产，别离了亲人，独自跑到焦山、找了个石洞住起来，苦苦地念道教的经书，想悟出成仙的道理。一住七年，人已进入中年了，志向更加坚定。有个神叫太极老君被他感动了，就跑来考验他：变化作猛兽来咆哮，他不怕；变化作美女来引诱，他不动心；拿了许多金银财宝来，他看也不看。太极老君认为傅某是个可以造就的"仙才"，于是给他一个石盘和一把木钻，对他说："你几时能钻穿这石盘，你就可以成仙了。"傅某从此便一心钻石盘，早也钻，晚也钻；木钻逐渐快钻完了。四十五年过去了，傅某成了个白发满头的老翁，力气也越来越强了。最后，那石盘突然穿了，从里面掉出来一粒仙丹，傅某大喜，立刻吞服下去，只觉精力突然充满全身，这时几朵祥云落下来，天上响起乐声，他在音乐声中飞向天宫，成了神仙。

后人用“心坚石穿”这个典故比喻只要有恒心，意志坚定，那么再大的困难也能克服。

先我着鞭

先我着鞭

典出《晋书·刘琨传》：刘琨与亲旧书曰：“吾枕戈待旦，志枭逆虏，常恐祖生先吾著鞭耳。”

东晋名将刘琨，字越石，中山魏昌（今河北无极）人。他文武双全，既是武将，又是诗人，从小就胸怀纵横天下、杀敌立功的壮志。他交朋友也要选择比自己强的人，好勉励自己进步。刘琨与祖逖（也是东晋名将）是好朋友，年轻时同在一起任职，又同在一起练武。

后来，祖逖杀敌立了功，受到朝廷重用。刘琨既替祖逖高兴，自己心里又很着急。他写信给亲友说：“我时时刻刻鞭策自己奋进，常常头枕着兵器等待天亮，立志要消灭敌人，建功立业，还时时担心祖逖走在前面而自己落了后。”

刘琨后来也得到重用，官至大将军、司空，长期忠心耿耿为国作战。他有勇有谋，很会使用攻心战术。有一回，他被胡兵（胡：中国古代对北方和西方各少数民族的泛称）重重包围在晋阳城，陷入了极端困难的境地。一夜，月色朦胧，刘琨登上城楼，发出清越而有感染力的呼啸之声，胡兵听了，心中感到悲伤。半夜，他又吹奏起胡笳（一种西域乐器），引起胡兵叹息流泪，怀念起故乡。第二天晚上，刘琨再次吹起胡笳，胡兵们纷纷离开晋阳，放弃了围城。

后人用“先我着鞭”的典故比喻别人已经超过自己，必须奋起直追；又用“枕戈待旦”形容警惕性很高，丝毫不松懈。

衣带中赞

典出《宋史·文天祥传》：（忽必烈）召入谕曰："汝何愿？"天祥对曰："天祥受宋恩，为宰相，安事二姓？愿赐之一死足矣。"然犹不忍，遽麾之退。言者力赞从天祥之请，从之。俄有诏使止之，天祥死矣。天祥临刑殊从容，谓吏卒曰："吾事毕矣。"南向拜而死。数日，其妻欧阳氏收其尸，面如生，年四十七。其衣带中有赞曰："孔曰成仁，孟曰取义，惟其义尽，所以仁至。读圣贤书，所学何事，而今而后，庶几无愧。"

南宋大臣文天祥是历史上著名的爱国者。自从元军南下后，文天祥在艰难困苦的环境中率军抵抗，坚强不屈。公元 1279 年，元军攻下南宋朝廷的最后根据地崖山，南宋灭亡。这一年的 10 月，元军将领张弘范派人把文天祥押解到大都（今北京）。元朝统治者想利用文天祥来笼络人心，以巩固自己的统治地位，于是答应给他高官做，劝他投降，都被他严辞拒绝。元朝统治者看到劝说无用，就给他上刑具，关在一间又潮湿又阴暗的监牢里，一关就是3年。可是，任何苦难和折磨，都动摇不了他的报国之心。在狱期间，他写了《正气歌》等光辉的诗篇，表现了崇高的民族气节和视死如归的英雄气概。

元朝统治者看到文天祥不肯投降，还是不死心。最后，元朝皇帝忽必烈决定亲自召见，进行劝降。

忽必烈召见文天祥，问道："你有什么愿望呢？"文天祥回答说："天祥身受大宋恩德，荣任宰相，我怎能再事奉第二个主人？我的愿望很简单，让我安心死掉，就心满意足了。"然而，忽必烈不忍心把他处死，挥挥手，叫文天祥赶快退下。忽必烈身边的大臣极力主张答应文天祥的请求，把他处死，忽必烈答应了。不久，忽必烈又下诏不让处死文天祥，可惜文天祥已经被处死了。临刑前，文天祥态度十分从容，对吏卒说："我的事已经办完，你们可以动手了。"他朝南跪下，向南方的祖国故土拜了几拜，即从容就义了。几天后，文天祥的妻子欧阳氏前来收尸，只见文天祥面色如生，当时年仅47岁。他的衣带上，写着这样几句话："孔子说杀身成仁，孟子说舍生取义。只有义尽，才能仁至。读了古代圣贤的书，做什么用呢？从今以后，我觉得没有什么可以惭愧的了。"

"衣带中赞"就是从这个故事来的。赞：文体。"衣带中赞"是指南宋末年文天祥死时衣带中所放置的赞辞。

后来，人们用“衣带中赞”表示尽忠报国的遗书等。

愚公移山

典出《列子·汤问》：

传说很早以前，在冀州以南、河阳以北有两座大山，一座是太行山，一座王屋山，山高万丈，方圆有七百里。

在山的北面，住着一位叫做愚公的老汉，年纪快90岁了。他家的大门，正对着这两座大山，出门办事得绕着走，很不方便。愚公很恼火，下定决心把这两座大山挖掉。

有一天，他召集了全家老小，对他们说：“这两座大山，挡住了我们的出路，咱们大家一起努力，把它挖掉，开出一条直通豫州的大道，你们看好不好？”

大家都很赞同，只有他的妻子提出了疑问，她说：“像太行、王屋这么高大的山，挖出来的那些石头、泥土往哪里送呢？”

大家说：“这好办，把泥土、石块扔到渤海边上就行了！再多也不愁没地方堆。”

第二天天刚亮，愚公就带领全家老小开始挖山。

他的邻居是个寡妇，她有一个七八岁的小儿子，也跑来帮忙。

大家干得很起劲，一年四季很少回家休息。

黄河边上住着一个老汉，这人很精明，人们管他叫智叟。他看到愚公他们一年到头，辛辛苦苦地挖山运土不止，觉得很可笑，就去劝告愚公：

“你这个人可真傻，这么大岁数了，还能活几天？用尽你的力气，也拔不了山上的几根草，怎么能搬动这么大的山？”

愚公深深地叹口气说：“我看你这人自以为聪明，其实是顽固得不开窍，还不如寡妇小孩呢！不错，我是老了，活不几年了。可是，我死了还有儿子，儿子又生孙子，孙子又生儿子，子子孙孙，世世代代，一直传下去，是无穷无尽的。可是这两座山却不会再长高了，我们为什么不能把它们挖平呢！”

听了这话，那个自以为聪明的智叟，再也无话可说。

手中握着蛇的山神知道了这件事，害怕老愚公挖山不止，就报告了上帝。老愚公的精神把上帝感动了，它就派两个大力神下凡，把两座大山背走，一座放到朔水东边，一座放到雍州南边。从此以后，冀州和汉水的南面，就没有高山阻挡了。

现在常用“愚公移山”这个成语比喻作事有顽强的毅力，不怕困难。

支公好鹤

典出《世说新语·言语第二》：支公好鹤，住剡东岇山。有人遗其双鹤，少时翅长欲飞。支意惜之，乃铩其翮。

鹤轩翥，不复能飞，乃反顾翅，垂头视之，如有懊丧意。

支公：“既有陵霄之姿，何肯为人作耳目近玩？”

养令翮成，置使飞去。

支公爱好养仙鹤，住在剡溪东岇山上。有人送给他一对仙鹤，没隔多时翅膀长大了想要飞走。支公意甚怜惜，便剪短了它们的翅膀。

仙鹤想要飞举，但已不能再起飞了，便回顾翅膀，垂头察看，好像有懊丧的意思。

支公说：“既然有直上云霄的雄姿，哪里愿给人们当作耳目之间的近身玩物呢？”

便给它们喂养好了翅膀，把它们放走飞去了。

这个典故的主旨，在于说明铩翮养翮，系铃解铃。支公终不失为“风期高亮”，非焚琴煮鹤者流所可企及。陶渊明《杂诗》：“猛志逸四海，蹇翮思远翥。”诗是自述少壮时的豪兴；当双鹤不复能飞，垂头反顾之时，那是多么扫兴杀风景啊！真好鹤者，当然也能“置使飞去”。安得凌霄姿，任使作近玩？戕贼天性，禁锢自由，哪还称得起什么“高逸”呢？

中流砥柱

典出《晏子春秋·内篇谏下·景公养勇士三人无君臣之义晏子谏第二十四》：吾尝从君济于河，龟衔左骖，以入砥柱之中流。又见北魏人郦道元《水经注·河水》：“河水分流，包山而过，山见水中，若柱然，故曰砥柱也”。

中流，指江河的主航道；砥柱：山名，在河南三门峡市东黄河中。据《晏子春秋》载：春秋时，齐景公养了三个勇士，一个叫公孙接，一个叫田开疆，一个叫古冶子。这三个人有勇无谋，对君臣都没有什么礼节礼貌。对此，晏子很反感，劝景公除掉这三人。景公说，这三个人勇力过人，恐怕不能力取。于是晏子想了一个办法，他让景公赐了两个桃子，叫这三人论功吃桃，想以此让他们争斗起来，互相残杀。公孙接说：我曾接连打死过两只野兽，论功可以吃桃；田开疆说：我曾一再打败过敌人，论功可以吃桃；古冶子说：有一次，我随国君外出，过河时，一只老龟衔着驾车的马跑到黄河中流的砥柱山附近去了，我当时不能游水，而在水底下逆流百步，顺流九里，奋力杀龟救出了马匹。论功我可以吃桃。……

后人用“中流砥柱”或“砥柱中流”这个典故比喻在动荡艰难的环境中屹立不动，能起支撑作用的力量。

众志成城

典出《国语·周语下》：故谚曰：“众心成城，众口铄金”。

周朝景王二十一年时，景王忽然要改革币制，铸行

心坚石穿

大钱而废止当时通行的小钱，使老百姓受到很大的损失。到二十三年时，周景王又要搜集民间的存铜来铸大钟，第二年大钟铸成了，景王命人敲击那巨钟，觉得那钟发出的声音很谐和，便对乐官洲鸠说："你听，这钟声倒是很好听呢。"

洲鸠是一个很了解百姓疾苦的人，对景王的所作所为，早感厌恶。现在景王和他说起钟声的事，不禁气往上冲，便愤愤的答道："这说不上是谐和的声音！大王铸的钟，那声音老百姓听了要欢喜，那才算得是谐和；在这三年中，你铸出了两种害人的金属品（大钱和大钟），弄得民穷财尽，人人怨恨，我真不知什么叫做'谐和'？俗语说：'众心成城，众口铄金'。

百姓们拥护的事情，没有不成功的，它会像城堡一样牢固；而百姓们大家唾骂的事情，没有不失败的，即使它坚如金铁，也要熔化！”

洲鸠所引的两句古谚，后来都被引用为成语。“众心成城”，后来都用“众志成城”，用来比喻众人齐心合一，做事一定能够成功；或形容同心协力，团结一致，力量无比的强大。

自暴自弃

典出《孟子·离娄上》：孟子曰：“自暴者，不可与有言也；自弃者，不可与有为也。言非礼义，谓之自暴也；吾身不能居仁由义，谓之自弃也。仁，人之安宅也；义，人之正路也。旷安宅而弗居，舍正路而不由，哀哉！”

战国时期，孟子曾经说过“自己糟蹋自己的人，不能和他谈什么有意义的话；自己抛弃自己的人，不要和他一块干什么事。出口就有损于礼义，这就叫自己糟蹋自己；自己不能树立仁的理想，不服从义的规范，这就叫自己抛弃自己。仁，是最安适的庇护所；义，是最光明的大道。空着庇护所不进去躲避灾难，放弃光明大道不走，这是很可悲的!”

“自暴自弃”就是从这里来的。暴：损害，糟蹋。“自暴自弃”的意思是，自己糟蹋自己，自己瞧不起自己。人们用它形容自甘堕落，不求上进。

哀毁骨立

典出《梁书·简文帝纪》：在穆贵嫔忧，哀毁骨立，昼夜号泣不绝声，所坐之席，沾湿尽烂。

南朝时期，梁简文帝萧纲（公元503～551年）字世缵，小字六通，是梁武帝萧衍（公元464～549年）的第三个儿子。他的母亲姓丁，名光，14岁时嫁给萧衍，于梁武帝（萧衍）天监二年（公元503年）十月生下萧纲。她性情宽厚，具有贤德，不好服饰，甚得宫内上下欢心。教子有方，经常指点萧纲读书。梁武帝（萧衍）普通七年（公元526年）十一月，丁光死去，年仅42岁。萧纲即位后，追尊她为穆太后。

萧纲对父母很孝顺。母亲穆贵嫔死后，萧纲在守丧期间，由于过度悲伤，损伤了身体，消瘦得只剩下一副骨头支撑着，昼夜啼号，哀声不绝，身下的坐席尽被泪水浸透，时间一长，都沤烂了。

“哀毁骨立”就是从这个故事来的。哀毁：由于过度悲哀而损伤了身体。骨立：消瘦得只剩下一副骨头支撑着。人们用“哀毁骨立”形容因亲人死亡而过度悲哀，身体瘦到了极点。多用它形容孝顺。

柏舟之节

典出《诗经·鄘风·柏舟》：泛彼柏舟，在彼中河。髡彼两髦，实维我仪。之死矢靡它！母也，天只！不谅人只！

泛彼柏舟，在彼河侧。髡彼两髦，实维我特。之死矢靡慝！母也，天只！不谅人只！”

春秋时期，卫国的共伯死了，妻子共姜十分悲痛。父母逼迫她改嫁，共姜坚决不从，写了《柏舟》一诗表示拒绝。这首诗写道：摇着柏木造的船，在河中泛游。

那个小伙子青发下垂、中分，向两边梳成双髻，堪做我的配偶。可是，我至死不会改变主张，叫声娘呀叫声天，为什么对我不体谅！“摇着柏木造的船，在河边泛舟。那个小伙子青发下垂、中分，向两边梳成双髻，堪做我的对象。可是，我至死不会改变主张，叫声娘呀叫声天，为什么对我不体谅！”

“柏舟之节”就是从这个故事来的。“柏舟之节”也作“柏舟之誓”，人们用它表示妻子在丈夫死后誓不改嫁。

“柏舟之痛”也是从这个故事来的。人们用它表示妻子失去丈夫的悲痛。

班姬团扇

典出《汉书·外戚传》：昔汉成帝班婕妤失宠，供养于长信宫，乃作赋自伤，并为怨诗一首：“新制齐纨素，鲜洁如霜雪，裁成合欢扇；团圆似明月，出入君怀袖，动摇微风发，常恐秋节至，凉风夺炎热，弃捐箧笥中，恩情中道绝。”

西汉时期，有一个姓班的女子，容貌美丽、多才多艺，擅长写诗作文。汉成帝刘骜即位时，她被选入宫中，备受皇帝宠爱，封为婕妤（汉代宫中女官名）。

后来，汉成帝宠爱著名美人赵飞燕，班婕妤被冷落一旁，连许皇后也失了宠。赵飞燕为了巩固自己的专宠地位，就在皇帝面前进谗言，诬告许皇后和班婕妤在后宫暗行巫术，诅咒皇帝。皇帝一怒之下，将许皇后废掉。班婕妤再三申辩自己无罪，皇帝便没有处罚她。但班婕妤想到赵飞燕飞扬跋扈，日子长了定会遭到她暗算，恐怕连性命也难保。于是她请求去长信宫侍奉太后，离开了皇帝身边。

班婕妤去了长信宫后，回想当日在皇帝身边时的繁华热闹，对比眼前的寂寞凄清，心中愤愤不平。她写了一首《怨歌行》，抒发胸中的怨恨。诗中写道："裁开白如霜雪的丝绸，做成圆如明月的团扇。出入于君王的怀中袖里，摇动时微风轻轻袭来。然而常常担忧秋节到来，清凉的秋风将炎夏驱赶。团扇便被弃于箱笼之中，从此与主人情绝恩断。"

后人用"班姬团扇"的典故形容失宠遭受冷遇；也用以表现孤寂冷落、凄婉哀怨的情感。也可用"团扇"或"班女扇"代指明月。

悲不自胜

典出《周书·庾信传》：信年始二毛，即逢丧乱，藐是流离，至于暮齿。《燕歌》远别，悲不自胜……

庾信（公元 513～581 年）是南北朝时期的重要作家，字子山，南阳新野（今河南省新野县）人。他生活的时代，正处于战争频繁、政局动荡之际。6 世纪 30 年代，统治中国北部的北魏（396～534 年）封建王朝瓦

悲不自胜

解，在北方形成东魏（公元534～550年）和西魏（公元535—556年）两个封建割据政权，与割据江、淮以南的梁（公元502～557年）政权三分鼎立。后来，东魏改称齐，西魏改称周，即北周。庾信15岁就在梁宫廷做昭明太子的侍从官。后来梁都江陵被西魏攻陷，梁王朝名存实亡，庾信在魏、周两朝都做起官来。

当西魏的将领常山公于谨等率兵攻陷江陵后，庾信的母亲、妻子也被俘到了长安。江陵沦陷的悲惨情形，使他难以忘怀。晚年，他在北周当官时，追忆往事，写成了有名的《哀江南赋》，凭吊故国，哀怜故乡父老的不幸遭遇，抒发自己的悲愤之感。他在《哀江南赋》中写道："我庾信头发花白，刚刚步入半老之年，就遭到了丧乱之苦，以此孤弱之身，四处颠沛流离，现在已到了晚年。江陵沦落前，友人王褒写了一篇《燕歌行》，描写北方苦寒情状，我也有和作，从此天各一方，令人极度悲伤。"

"悲不自胜"就是从这个故事来的。胜：禁受得住。"悲不自胜"的意思是，悲伤得自己承受不了。人们用"悲不自胜"形容极度悲伤。

悲心更微

典出《列子·周穆王》：燕人生于燕，长于楚，及老而还本国。

过晋国，同行者诳之，指城曰："此燕国之城。"其人愀然变容。指社曰："此若里之社。"乃喟然而叹。指舍曰："此若先人之庐。"乃涓然而泣。指垄曰："此若先人之冢。"其人哭不自禁。同行者哑然大笑，曰："予昔绐若，此晋国耳！"其人大惭。

及至燕，真见燕国之城社，真见先人之庐冢，悲心更微。

有一个燕国人生在燕地，长在楚地，到老才回本国去。

路过晋国，同行的人骗他，指着城说："这就是燕国的城。"他顿时脸色凄然。指着土地庙说："这就是你村里的土地庙。"他不禁唏嘘叹息。又指着一幢房子说："这是你先人的房屋。"他于是流泪啜泣。指着一个坟墓说："这是你先人的坟墓。"他再也无法抑制，放声大哭起来。同行的人哈哈大笑，说：“我刚才是骗你，这是晋国呀!”那人感到羞惭万分。

当他回到了燕国，真正见了燕国的城郭社庙，见了先人的房舍坟墓，他的悲痛感情反而更淡薄了。

后人用“悲心更微”比喻引起人们感情强烈反应的事物，第一次出现给人的刺激是最深的，若重复出现，感情反而会淡薄下来。

不寒而栗

典出《史记·酷吏列传》：是日皆报杀四百余人。其后郡中不寒而栗，猾民佐吏为治。

汉朝汉武帝时期，有一个执法严酷的官吏，名叫义纵。少年时代，他就干些打家劫舍的勾当，行为极其不端。他有一个姐姐医术高明，得到皇太后的宠幸，义纵沾了姐姐的光，居然当了官。义纵当定襄太守的时候，下令把押在狱中的200多犯人和私入监狱探望囚犯的200多人一律定为死罪，全部加以杀害。

这一天，义纵把400多人统统杀掉了。消息传了以后，定襄地区人人胆战心惊，恐惧极了。那些刁民和官府的爪牙、狗腿子之流也变得规规矩矩了。

“不寒而栗”就是从文中“其后郡中不寒而栗”一语而来的。它的本来意思是，不寒冷而发抖。后来，人们转意用它形容恐惧到了极点。

不见之怨

典出《宋史·范纯仁传》：召还，神宗问陕西城郭、甲兵、粮储如何，对曰：“城郭粗全，甲兵粗修，粮储粗备。”神宗愕然曰：“卿之才朕所倚信，何为皆言粗？”对曰：“粗者未精之辞，如是足矣。愿陛下且无留意边功，若边臣观望，将为他日意外之患。”拜兵部员外郎，兼起居舍人、同知谏院。奏言：“王安石变祖宗法度，掊克财利，民心不亏。《书》曰：‘怨岂在明，不见是图。’愿陛下图不见之怨。”神宗曰：“何谓不见之怨？”对曰：“杜牧所谓‘天下之人，不敢言而敢怒’是也。”神宗嘉纳之。

范纯仁（公元 1027～1101 年），字尧夫，是范仲淹的第二个儿子。宋仁宗（赵祯）皇祐元年（公元 1049 年），考取进士，曾任京西、陕西转运副使。

有一次，范纯仁应召回京，神宗向他询问陕西路一带城邑、兵器、粮食贮存的情况。范纯仁回答道："城邑粗略建成，兵器粗略修好，粮食粗略贮存完。"神宗感到很惊奇，说："我很倚重和信任你的才干，可是你为什么谈起这些重要事情时，都说'粗略'、'粗略'的呢？"范纯仁回答道："所谓粗略，就是不够精细的意思，能够做到粗略完成，也就不错了。希望陛下千万不要追求在边境一带打仗立功，如果边境的文臣武将心存怨气，采取观望的态度，他日将成为意料不到的祸患。"范纯仁被拜为兵部员外郎，兼起居舍人、同知谏院。他又上书奏道："王安石改变祖宗立下的法度，以苛税搜刮民财，弄得民怨沸腾，人心不宁。《书》说：'怨恨不见得都表现出来，要消除那种埋藏在人们心底、表面看不见的怨恨。'希望陛下一定要消除没有表现出来的怨恨。"神宗还没有听明白，问道："什么是没有表现出来的怨恨呢？"范纯仁进一步解释说："唐代人杜牧（公元 803～852 年）说过：'天下之人，不敢言而敢怒。'我说的不见之怨，就是这个意思。"神宗对他表示赞许，采纳了他的意见。

"不见之怨"就是从这个故事来的。人们用它形容埋藏在心底的怨恨。

长歌当哭

典出：清黄宗羲《亡儿阿寿圹志》：儿卒于乙未之除夕，长歌当哭，遂以哭儿者为之铭。

典出《红楼梦》："妹生辰不偶，家运多艰，姊妹伶仃，萱亲衰迈。……感怀触绪，聊赋四章，匪曰无故呻吟，亦长歌当哭之意耳……"

长歌当哭

宝玉与黛玉正在论琴。黛玉说："高山流水，得遇知音……古人说'知音难遇'。若无知音，宁可独对着那清风明月，苍松怪石，野猿老鹤，抚弄一番，以寄兴趣，方为不负这琴……”当他们边谈边往外走时，只见秋纹带着小丫头捧着一小盆兰花来。她说：“太太那边有人送了四盆兰花来，因里头有事，没有空儿玩他，叫给二爷一盆，林姑娘一盆。”黛玉看时，却有几枝双朵儿的，心中忽然一动，不知是喜是悲，便呆呆的傻看。宝玉走后，黛玉回到房中，看着花，心想：“草木当春，花鲜叶茂，想我年纪尚小，便像三秋蒲柳。……只恐似那花柳残春，怎禁得风催雨送！”想到此，不禁又滴下泪来。

黛玉正愁得没法解时，只见宝钗那边打发人送封信来。黛玉打开看时，只见上面写道“妹生辰不偶，家运多艰，姊妹伶仃，萱亲衰迈。……感怀触绪，聊赋四章，匪曰无故呻吟，亦长歌当哭之意耳……”黛玉看毕，不胜伤感。

后人用“长歌当哭”，表示以歌代哭，多指用诗文抒发胸中悲愤之情。

楚囚南冠

典出《左传·成公九年》：晋侯观于军府，见钟仪，问之曰："南冠而絷者谁也？"有司曰："郑人所献楚囚也。"

春秋时，郑国在晋的帮助下打败了楚国，俘获楚大夫钟仪。郑国将这个俘虏献给了晋国，但后来郑又附楚疏晋，晋楚之间发生了战争。

有一次，晋侯到军府视察，看见了钟仪。他问："那个戴着南方人帽子的囚徒是什么人？"一个官吏回答说，此人叫钟仪，是郑国人献给晋国的楚国俘虏。想到郑国以往对晋亲近，如今又反目为仇，晋侯十分感叹。他下令将钟仪释放，并召见了他。

钟仪对晋侯的宽宏大量十分感激，两次向晋侯下拜行礼。晋侯问钟仪的身世，他说世代都是乐官。又问他是否会奏乐，钟仪说："这是我家祖传的职业，我不敢做其它事，只会奏乐。"晋侯命人拿来了琴，让钟仪演奏。钟仪弹起了楚国的民间乐曲，其声伤感。晋侯问起他楚王的情况，钟仪不作正面回答，只推辞说："君王的事，我怎么会知道呢？"

后来，晋侯将见到钟仪的事告诉了范文子，文子很感动地对晋侯说："这个楚国人说起祖业来如此恭敬，不敢违背。让他奏乐，他奏的是本国音乐，不忘故国。君侯何不放了他，让他回去为晋楚友好出力呢？"

晋侯果然放了钟仪，并备了厚礼让他带回国，谋求两国的和平。

后人用"楚囚南冠"的典故形容困居他乡，怀恋故土；或指被囚禁的人。

得意忘形

典出《晋书·阮籍传》：阮籍，字嗣宗，陈留尉氏人也。父瑀，魏丞相掾，知名于世。籍容貌瑰杰；志气恢放，傲然独得，任性不羁，而喜怒不形于色。或闭户视书，累月不出；或登临山水，经日忘归。博览群籍，尤好《庄》、《老》。嗜酒能啸，善弹琴。当其得意，忽忘形骸。时人多谓之痴，惟族兄文业每叹服之，以为胜己，由是咸共称异。

阮籍（公元 210～263 年），字嗣宗，三国时期魏国陈留尉氏人。父亲阮瑀，字元瑜，极有文才，在魏国任丞相掾，在社会上名气很大。阮籍容貌奇伟，志向恢宏远大，自视很高，狂放不羁，并且极有涵养，喜怒不形于色。有时闭门读书，几个月都不外出；有时登山临水外出游览。几天不回来。博览群书，尤其喜好《庄子》、《老子》。极爱饮酒，能长啸，善弹琴。当他得意的时候，忽然之间，连自己是什么样子都忘掉了。当时，人们都说他呆痴，只有同族之兄阮文业经常感叹，表示佩服，认为阮籍比自己强。所以，大家都称赞阮籍，认为他是个奇才。

“得意忘形”就是从这个故事原文中“当其得意，忽忘形骸”一语演变而来的。形骸：人的形体，躯壳。“得意忘形”的本意是：因高兴而物我两忘。后来，人们用它形容高兴得忘乎所以，失去常态。

洞房花烛

现在人们都称结婚的新房为洞房，在洞房中还要点燃红烛，称花烛。你知道这洞房花烛的风俗怎么来的吗？

相传秦始皇建造了阿房宫之后，在全国挑选美女，送到阿房宫，习歌学舞，供秦始皇一人享受。当时山西有一位民间绝色美女，已不知道她叫什么名字，因在家排行第三，所以大家都叫她三姑娘。三姑娘不仅长得美丽，而且性情刚烈。她被选中入宫后，不甘心被蹂躏，更不愿成为贵族的玩物。于是，她在一个月黑风高的夜晚，冒着生命危险，从阿房宫后墙逃了出来，翻过骊山，向家乡奔去。

在华山那险峻的道路上，三姑娘与一位书生沈博相遇。由于秦始皇焚书坑儒的暴政，沈博十分痛恨秦始皇，他听了三姑娘的经历，十分同情她，也很钦佩他，两人一见钟情，就在华山的一座山洞里对天盟誓，结为夫妻。山洞里很黑，沈博捡了许多树枝，点起火来，在火光上，沈博才看清自己的妻子是个多么美丽的姑娘。拜天地时，没有香，他们就摘折了许多艳丽的花枝插在火堆前，先拜了天地，又拜了祖宗，成了一对恩爱的伴侣。

后来，人们为了表达对三姑娘勇敢抗争，追求爱情精神的崇敬，在通往华山顶峰的路上修建起一座座庙宇。每座庙宇中都供奉着三姑娘的塑像，人们都称她为三圣母。唐代以后，一些文人根据这个民间传说，又创造出三圣母与书生刘颜昌的爱情故事，进一步歌颂三姑娘。

正是由于这个传说，人们就把结婚的新房叫做洞房，把喜庆的红烛叫做花烛。

咄咄书空

典出《晋书·殷浩传》：浩虽被黜放，口无怨言，夷神委命，谈咏不辍，虽家人不见其有流放之戚。但终日书空，作“咄咄怪事”四字而已。浩甥韩伯，浩素赏爱之，随至徙所。经岁还都，浩送至渚侧，咏曹颜远诗云：“富贵他人合，贫贱亲戚离。”因而泣下。后温将以浩为尚书令，遗书告之，浩欣然许焉。将答书，虑有谬误，开闭者数十，竟达空函，大忤温意，由是遂绝。永和十二年卒。

殷浩（公元？～356 年），晋代陈郡长平人，字深源。见识广博，气度恢宏。青年时期就享有盛名，对佛、道宗教的义理很有研究，谈起来头头是道，许多人都很崇拜他。公元 350 年（简文帝永和六年），殷浩担任中军将军，都督扬州、豫州、徐州、兖州、青州等五州军事，并于公元 353 年（永和九年）率师北伐，结果战败，军储器械丧失殆尽。这时，他的政敌桓温听到这个消息，就上疏弹劾殷浩，说殷浩屡蒙皇恩，官居高位，却不能尽职尽责，为皇上效力。北伐以来，身当重任，却没有为国雪耻的志气，争战不力，导致全军大败，军械尽失，给江山社稷造成了严重的威胁。所以，必须对殷浩加以严肃的惩处。如果，皇帝大怒，把殷浩废为庶人，流放到东阳的信安县（今浙江衢县）。

殷浩虽然被废黜流放，但是口中从无怨言，神情平和，听天由命，谈笑吟咏也不因此而中止，即使是自家人也看不出他有流放的忧愁。只是整天在空中用手指虚写字形，别人暗地观察，发现他不过在写“咄咄怪事”四个字而已。殷浩有一个外甥叫韩伯，殷浩很喜欢他，也跟着殷浩来到流放地。过完年以后，韩伯回到京城，临行时，殷浩一直把他送到水边，口中吟咏着曹颜远写的诗句：“富贵他人合，贫贱亲戚离。”接着，殷浩哭了。

后来，桓温想叫殷浩任尚书令，发信通知殷浩，殷浩高高兴兴地答应了。他准备发出一封答谢的书信，封好后，又担心信中有不妥之处，开信、封信数十次，最后竟然寄出一个空信封，大大地触怒了桓温，从此就不理殷浩了。公元356年（永和十二年），殷浩死了。

“咄咄书空”就是从这个故事来的。咄咄：感叹声。“咄咄书空”的意思是，在空中比画“咄咄怪事”四个字。人们用“咄咄书空”形容出乎意外，使人惊异；也可用形容内心怨愤极大，难以表述。

范进中举

典出《儒林外史》第三回。

范进，原是比较老实、勤学苦读、受人欺侮的穷书生。自十二岁应考，连续考了二十余次，还是一个童生。最后一次应考，他实际年龄已经五十四岁，名册上写的却是三十岁。考试那天，范进第一个交卷。主考官周进，也是苦读出身的，见范进面黄肌瘦，胡须花白，寒冬天气还穿件麻布大褂，冻得瑟瑟发抖，不由动了恻隐之心，

便用意看他的试卷。可是连看两遍，还不解其意，直到看了三遍，才知是“天地间最好的文章，真是一字一珠”！不等各卷汇齐，便取范进第一名。

范进中举

范进中了秀才，还要去参加乡试，找丈人胡屠户借钱，却被骂得狗血喷头。胡屠户骂他：“他中了相公，就癞蛤蟆想吃天鹅肉，趁早收了这心!”范进只好向乡邻同案借了盘费，瞒着人去城里应试。回来时，家里已断粮三天。胡屠户知道后，又将他骂了一顿。

发榜那天，范进家里没米下锅，抱着母亲那只生蛋鸡上集去卖。刚走不久，报喜的人来了。邻居飞奔到集上去找范进，只见他抱着母鸡，一步一踱地四下张望，在寻人买。邻居赶忙上前说："范相公，你中了举人，赶快回去！"范进以为是哄他，只装没听见，低着头直往前走。邻居见他不理，追上去要夺他的鸡。范进挣脱说："高邻，不要开玩笑，我要卖它买米救命啊！"邻居见范进不信，劈手把鸡夺了，掼在地上，拖着范进就往回跑。

范进回到家门口，见到报喜的和邻居们挤满一屋，他三步并作两步往屋里走。屋里已挂起报帖："捷报贵府老爷范讳进高中广东乡试第七名亚元京报连登黄甲。"范进每念一遍，就拍手笑道："噫！好了！我中了！"范进念着，笑着，突然一跤跌倒在地，牙关紧咬，不省人事。他母亲慌忙拿开水来灌救。灌弄了一阵，范进一骨碌爬起来，又拍手大笑道："噫！好了！我中了！"不由分说，往门外飞跑，边拍边笑。大伙都说这位新贵人喜疯了！

范进的母亲和妻子急得大哭。有人出主意说："范老爷因欢喜过度，痰迷心窍，只要他平日最惧怕的人打他一下，说你不曾中，他一吓，把痰吐出来，就明白了！"众人要胡屠户打他女婿，胡屠户为难地说："如今中了老爷便是天上的星宿，打不得的啊！"邻居见他此状，便挖苦他，催促他。胡屠户违拗不过，喝了酒，壮壮胆，拿出平日的凶恶样子，对着正在发疯的范进，大骂一声："该死的畜生！你中了什么！"一巴掌过去，把范进打倒在地。众人一齐上前，替范进抹胸口，捶背心，忙了半晌，范进才渐渐喘过气来，睁开眼，不疯了。胡屠户连忙向女婿赔礼道歉，扶他回家。

范进中举之后，从此结交官绅变成一个虚伪庸俗的官吏。

“范进中举”，比喻喜出望外，欢喜若狂。

范滂诀母

典出《后汉书·范滂传》：汉灵帝时大诛党人，范滂临入狱之前，其母与之诀别曰：“汝今得与李杜齐名，死亦何恨，既有令名，复求寿考，可兼得乎？”

东汉末年，政治黑暗，宦官专权，他们诬陷当时的一些有品行、有知识的人为“党人”（意为结党营私），大肆抓捕，加以禁锢。

范滂因触怒宦官亦被放归乡里。一天，郡里的司法官吴导接到朝廷命令，立即逮捕范滂！吴导不敢相信这是真的，只好伏在床上痛哭。范滂很快知道了这事，他说：“一定是因为我，他不愿捉我，但又无法交差，所以痛哭。”他就同母亲一起来到县里的监狱。县令见了大吃一惊，说："天下这么大，逃到哪里不行呢？我们一起逃吧！"说完，县令解下大印，扔在一旁。范滂制止县令说："我死了，祸事也就完，何必连累你和我母亲呢？"说着，他转过身和母亲告别说："母亲，孩儿去了！弟弟很有孝心，足以供养你老人家；我呢，与父亲一起去黄泉走一遭，虽然生死不一，但各有所依靠，事情到此也无可奈何，不要太悲伤了！"

母亲抚摸着儿子，强忍悲痛说："你为正义而死，自然会青史留名，我有什么遗憾呢？一个人，既想获得好名声，又想享乐长寿，哪有这样的好事？"范滂连忙跪在母亲面前叩头。他母亲又说："即使是我让你做坏事，你也不会做；但我让你多做好事，这不就是我们的造化吗？"

过路的人听见了，都感动地流下了眼泪。

后人用"范滂诀母"的典故表示为正义事业勇于牺牲，以及辞别亲人时的悲壮情景。

干啼湿哭

典出《北齐书·尉景传》：景有果下马，文襄求之，景不与，曰：“土相扶为墙，人相扶为王，一马亦不得畜而索也。”神武（高欢）对景及常山君责文襄而杖之。常山君泣救之。景曰：“小儿惯去，放使作心腹，何须干啼湿哭不听打耶！”

南北朝时期，有一个人叫尉景，字士真。他的妻子叫常山君，常山君是齐高祖高欢的姐姐，也就是说，尉景是高欢的姐夫。高欢有一个儿子叫高澄（齐世宗文襄帝），推算起来，尉景就是高澄的姑夫。

尉景曾有一匹果下马，即一种矮小的马，据说只有3尺高，骑着它可以在果树之下行走，所以叫做果下马。这种矮马，是不可多得的。高澄向尉景索要这匹马，尉景不肯给，并且不高兴地说：“泥土互相粘合才能成墙，人们互相扶持才能称王。可是，我只有1匹果下马还养不成，高澄硬向我索要！”齐高祖高欢听到这个消息后，非常生气，当着尉景和常山君的面，杖打高澄。作为姑姑的常山君着急了，在一旁哭哭啼啼，哀求不要再打了。尉景说："高澄这小儿，已经习惯于离开父母了，把他派到外边当心腹之用，也是不错的，你何必哭哭啼啼不让打呢！"

"干啼湿哭"就是从这个故事来的。人们用它形容哭哭啼啼的样子。

故剑情深

典出《汉书·外戚传》：时许广汉有女子君，年十四五……遂与曾孙，一岁生元帝。数月，曾孙立为帝……是时，霍将军有小女，与皇太后有亲。公卿议更立皇后，皆心仪霍将军女，亦未有言。上乃诏求微时故剑，大臣知指，白立许为皇后。

汉武帝时，发生了一次因迷信而起的"巫蛊之祸"，很多人被牵连。皇后卫子夫、皇太子、皇太孙都因而致死，只剩下一个襁褓中的皇曾孙。汉昭帝（武帝幼子）死后，大将军霍光立皇曾孙为帝，即汉宣帝，封宣帝做平民时所娶的妻子许平原为婕妤（女官名）。这时公卿大臣们商讨要替宣帝立皇后，都以为霍光的幼女最为适合，霍光也自以为权高一切，将自己女儿立为皇后是意中事，但是汉宣帝心里十分不愿意，一是他们夫妇感情深厚，不忍抛弃；二是

故剑情深

他不愿娶霍家女，以免受霍光钳制。但是他又不愿公开反对。宣帝亲自下了一道命令，要寻求过去作平民时的旧剑，大臣们知道他所指的是旧时的妻子，于是便立许婕妤作皇后。

霍光的妻子霍显眼见女儿做不成皇后，心中大恨，趁第二年许皇后生产后小病，买通女医，将许皇后毒死。霍光便将自己女儿立为皇后。

作为一个皇帝而能念念不忘旧时的夫妻之情，是难能可贵的，这一种真诚和始终如一的感情，也是值得人

们效法的，所以后来的人便对宣帝“下诏求微时故剑”这段故事引申为“故剑情深”一句成语，来比喻一个丈夫对旧妻的想念。故：旧也；剑是古时人随身所带的武器，此处比喻共同生活、互爱互助的妻子。

鹤吊陶母

典出《世说新语·贤媛》注：母湛氏，贤明有法训。侃在武昌，与佐吏从容饮宴，常有饮限。或劝犹可少进，侃凄然良久曰：“昔年少，曾有酒失，二亲见约，故不敢逾限。”及侃丁母忧，在墓下，忽有二客来吊，不哭而退，仪服鲜异，知非常人。遣随视之，但见双鹤冲天而去。

陶侃（公元259～334年），晋代浔阳人，字士行。他少失父亲，家境十分贫穷。有一次，孝廉范逵赴京都上任，带了许多从人、车马，到陶侃家投宿。陶侃家空无所有，母亲湛氏剪下长发出卖，换得几斛米，以招待客人。范逵深受感动，到洛阳后到处夸奖陶侃，使他名声大振。陶侃曾任荆州刺史、广州刺史，被封为长沙郡公，都督八州军事。

陶侃的母亲湛氏，为人贤明，对儿子训诫有方。陶侃在武昌任职时，与副官们从容不迫地喝酒，常常很有限度。有人劝他还可以再喝一点儿，陶侃神情凄凉，过了很久，说："我在少年时代，曾经酒后有失。父母双亲当时给我立下了规矩，我不敢喝酒过量啊。"等到陶母湛氏去世时，陶侃在墓旁守丧。忽然有两个客人来吊唁，没有哭丧就走了。这二人服饰鲜艳异常，陶侃知道并不是寻常之人。他派人跟随察看，只见那二个人化成双鹤，冲天飞去。

"鹤吊陶母"就是从这个故事来的。人们用它指吊丧之事；或用"吊陶"指吊丧的人。

狐死首丘

典出《淮南子·说林训》：鸟飞反乡，兔走归窟，狐死首丘，寒将翔水，各哀其所生。

鸟飞要返回故乡，兔子跑出去要回到窝里，狐死的时候，头朝着洞穴，寒将（一种蝉，或一种水鸟）在水面飞翔，各自都很眷恋它生长的地方。

“狐死首丘”就是从这里来的。首：头向着。丘：狐洞穴所在的土丘。传说狐死时，它的头是向着洞穴的。人们用“狐死首丘”比喻不忘本；或比喻对故乡的思念。

黄雀衔环

典出《续齐谐记》：汉人杨宝年九岁，至华阴山，见一黄雀为鸱枭所搏坠地。宝取归，置巾箱中，饲以黄花。百余日，毛羽成，乃飞去。其夜有黄衣童子向宝曰：“吾西王母使者，蒙君拯救，实感仁恩。今赠白环四枚，令君子孙洁白，位登三公，一如此环。”

汉代有一个人叫杨宝。传说他九岁那年，一次从华阴山北面经过，看见一只猫头鹰追赶一只黄雀，黄雀被猫头鹰抓伤，掉在树下。

杨宝过去一看，可怜的黄雀浑身伤痕累累，而且有大群的蚂蚁将它团团围住。黄雀动弹不得，十分痛苦。看见杨宝，它的眼睛里满是乞怜的神色。杨宝很同情黄雀，小心地用手将它捧起，带回了家中。

回到家后，杨宝将黄雀安置在一只小箱子里，每天精心地照料它，用洁净的清水和新鲜的黄花喂养它。慢慢的，黄雀身上的伤口痊愈了，吃的东西也一天天多了起来。

大约一百天以后，黄雀的伤完全好了，羽毛已重新长得丰满光滑，它终于又能在天上高高的飞翔了。但黄雀舍不得离开杨宝，它每日白天飞到外面玩耍觅食，晚上又飞回杨宝身边。几天之后，黄雀终于飞走了没有回来。

一天夜里，杨宝读书到了三更时分。忽然从门外走进一个穿黄衣服的童子，向他跪拜行礼。杨宝很惊奇地问他是谁，来干什么。童子再次下拜，毕恭毕敬地对他说："我就是你救出的那只黄雀，本是西王母的使者。那天我奉王母之命出使蓬莱，途中不慎被猫头鹰伤害。若不是你以仁爱之心将我拯救，我早已死于非命。即使千言万语，也难以表达我对你的感激之情。"说完，他取出四个白色的玉环赠给杨宝，并对他说："祝你的子孙如这玉环般洁白，位居三公。"说罢倏然不见。果然，后来杨宝的后代都做了大官。

后人用"黄雀衔环"或"白环报恩"等典故表示知恩图报。

疾恶如仇

典出《后汉书·陈蕃传》：前山阳太守翟超，东海相海浮，奉公不饶，疾恶如仇。

《晋书·傅咸传》：咸字长虞，刚简有大节。风格峻整，识性明悟，疾恶如仇，推贤乐善。

晋代，有一个人叫傅咸，字长虞，他是司隶校尉傅玄（公元217～278年，字休奕）的儿子。晋武帝咸宁（公元275～279年）初年，62岁的傅玄死了，被追封为清泉侯。傅咸承袭了父亲的爵位，被拜为太子洗马，又升迁为尚书右丞、司徒左长史等职。

当时，西晋统治集团的各级官吏荒淫奢侈，天下百姓啼饥号寒，民不聊生。晋惠帝（司马衷）即位后，任用亲戚当官为宦，搞得天下民怨沸腾。傅咸屡次上书皇上，斥责为非作歹的官吏，请求皇帝罢免他们。因此，傅咸得罪了不少人，这些人联合起来，要求罢免傅咸的官职。但是，傅咸毫不示弱，坚持进行斗争。

傅咸为人坚强朴直，善于处理关系存亡安危的大事，能抓住重要关键。风格严正庄重，意识聪明颖悟，正义感极强，憎恨坏人坏事，如同誓不两立的仇敌。而又推举贤才，乐善好施。

“疾恶如仇”就是从这个故事来的。它的意思是，憎恨坏人坏事，如同誓不两立的仇敌，人们用它形容人的正义感极强。“疾”也作“嫉”。

结草报魏

典出《左传·宣公十五年》：颗见老人，结草以亢（抗）杜回。……魏夜梦此老人说：“余，所嫁妇人之父也……余是以报。”

春秋时，晋国有一个大夫叫魏武子。他有一个小妾，很受宠爱，没有生过儿子。魏武子生了病，预感到自己活不长了，就交代了一些后事。在谈到这个爱妾时，他对儿子魏颗说：“我死之后，你就让她改嫁。”魏颗自然满口答应。

后来，魏武子病势沉重。病危时，他又提起小妾，并对魏颗说：“我死后，就让她为我殉葬。”

等到魏式子死后，魏颗并没有将那女子活埋殉葬，而是让她改嫁了。有人问他为何不按父亲临终遗言办时，他说："人在病重时神志不清，说话不应当算数，我应当遵从的，是父亲清醒时的嘱托。"

悲心更微

后来，魏颗与秦国的军队作战，遇上秦军著名将领杜回。在打得十分激烈的辅氏大战中，魏颗眼看抵挡不住，情势非常危急。这时，突然阵前出现了一位白发苍苍的老人，他抛出一条草编的绳子绊住杜回，使晋军将其生擒，魏颗获得了战斗的胜利。

夜里，魏颗梦见了那位白发老人。他对魏颗说："将军是否记得，你曾将父亲的一个妾改嫁出门，救了她一条命。而我，就是那女子的父亲，因此特来报答你的恩德。”

后人用“结草报德”的典故形容人真心实意地感恩图报。也可写作“结草衔环”。

噤若寒蝉

典出《后汉书·杜密传》：后密去官还家，每谒守令，多所陈托。同郡刘胜，亦自蜀郡告归乡里，闭门扫轨，无所干及。太守王昱谓密曰：“刘季陵清高士，公卿多举之者。”密知昱激己，对曰：“刘胜位为大夫，见礼上宾，而知善不荐，闻恶无言，隐情惜己，自同寒蝉，此罪人也。今志义力行之贤而密达之，违道失节之士而密纠之，使明府赏刑得中，令问休扬，不亦万分之一乎？”昱惭服，待之弥厚。

东汉时期，有一个人叫杜密，字周甫，颍川阳城人。为人沉着刚毅，少有大志。司徒胡广推荐他当了代郡太守，后来又当了太山太守、北海相。每当官宦子弟犯了法，杜密毫不手软，将他们一一缉拿归案。所以，他有较好的名声。

后来杜密一度辞官回家闲居。他每次去拜望太守时，都要谈许多人和事，拜托太守善为处理。同郡人刘胜，也从蜀郡辞官回乡，刘胜闭门不出，不与人交往，门前连来访的车迹也没有，对什么事情都不过问。有一次，太守王昱对杜密说："刘季陵（刘胜字季陵）是一个清高的人士，公卿们都荐举他。"杜密知道，这是王昱在刺激自己，叫他以后不要管闲事。杜密回答道："刘胜身居大夫之位，受到上宾的礼遇，可是他知道有才能的人不荐举，听到恶行也不表态，一味地隐瞒真情保护自己，像寒天里的蝉一样不能发声，这实际上是罪人啊。如今，对于有志气、怀忠义、身体力行的贤人，我极力推荐他们；对于违背道义、丧失气节的人，我极力纠正他们，使您这位高明的郡府太守赏罚适当，让美善之事得以传扬，我不是也能起到一点作用吗？"太守王昱感到十分惭愧，深感杜密讲得有理，因此同他的交情更加深厚了。

"噤若寒蝉"就是从这个故事来的。噤：闭口不做声。"噤若寒蝉"的意思是，像寒天里的蝉一样寂寞无声。人们用它比喻胆怯不敢说话。

举案齐眉

典出《后汉书·梁鸿传》：遂至吴，依大家皋伯通，居庑下，为人赁舂。每归，妻为具食，不敢于鸿前仰视，举案齐眉。伯通察而异之，曰："彼能使其妻敬之如此，非凡人也。"乃力舍之于家。

东汉时代有个叫梁鸿的读书人，字伯鸾，是太学的学生，学问很广博；学成以后，因为家贫，在上林苑里养猪为业，但为人很有志气。有一次，邻居把饭煮熟了，叫他趁锅底下还有余火，赶快去做饭。他却说："我是不依靠别人的热，沾别人的光的。"他一面说一面把锅底下的余火灭尽，才重新烧火煮饭。

不久，梁鸿的名气大了起来，一些有钱人愿意将他招作女婿，他一概不要。同县有一个姓孟的富家女儿，生得又丑又黑，但力气却大得惊人。虽然她面貌不美，却有一个古代女子所应具备的美德，故仍有很多人向她求婚，但她不肯随便嫁人。一直到三十岁，父母问她终身作何打算，她说："要我嫁人，除非像梁伯鸾这样的人方合我的心思。”梁鸿听到了，倒很有知己之感，就把她娶了回来。但婚后七天梁鸿始终没有睬她，因她仍然穿着绫罗，一派富家小姐的装束。妻子知道以后，脱下绫罗，穿上粗衣，辛勤劳作，这时，梁鸿才开心地说：“这样才真正是梁鸿的好妻子了。”两人先隐居在霸陵的深山里面，丈夫耕地，妻子织布；空闲下来，就在一起读书弹琴；你敬我爱，过着幸福愉快的生活。后来，他俩离开故乡，路过洛阳。梁鸿见当时朝廷腐败，便作了一首《五噫》歌，抒发他的愤慨。不料皇帝见了，很不高兴，要捉拿他。他不得不隐姓埋名辗转到吴地，替大户人家皋伯通舂米过活。每次工作回家，他的妻子预备了饭食，总是恭恭敬敬把饭盘举得齐着眉毛送给他吃。皋伯通看了说：“这个工人能够使他妻子这样看重他，一定不是个寻常之辈。”从此就请他在住宅里住下。

盛食物的木盘，古时候叫做案。以后的人就根据这个故事，把夫妇之间互相敬重的关系，叫做“举案齐眉”。

蓝桥遇仙

典出：唐·裴铏《裴航传奇》。

唐穆宗长庆年间，有一秀才，名叫裴航。一次，他在船中偶然遇见一位仙人，别时，仙人赠裴航一首诗，诗上说："喝口美酒便产生好多感受，像白兔捣药后就可以见到云英姑娘，她像嫦娥一样的漂亮，居住处不在玉清宫而在蓝桥附近。"裴航看后，似懂非懂，也不在意。

后来他到了蓝桥附近，便觉口渴起来。环顾四周，见前面有三四间茅屋，就前去讨口水喝。茅屋前，有一老妇人正在绩麻，裴航一拱手，说道："在下有礼了？想讨口水喝。"老妇人未抬头，只向内喊道："云英，拿杯水来，公子要饮。"裴航突然想起了仙人赠他的诗，不觉有些惊奇，这时，从芦苇帘内伸出一只洁白如玉的葱嫩小手，递来一杯清香扑鼻的茶水。他接过水一饮而尽，心里想，里面的女子肯定漂亮，忍不住揭开芦苇帘向里看，只见一女子亭亭玉立，艳丽照人，美似天仙。裴航不禁一见钟情，当即向老妇人求婚，老妇人提出许多苛刻的条件，裴航都一一答应。

后来，裴航经过种种努力，终于完成了老妇人要求做的事。于是，老妇人带着裴航、云英一起进入山中，都成了仙人。

后人“蓝桥”喻指青年男女约会的地点，“云英”指意中人。

厉人生子

典出《庄子·天地》：厉之人，夜半生其子，遽取火而视之，汲汲然惟恐其似己也。

有一个害癞病的人，他妻子半夜里生下了一个儿子，急忙取火烛跑去仔细端详，慌慌张张地惟恐儿子长得和自己一样！

这个寓言是庄子于行文中顺手引出的一个小故事，把厉人作为“一惑”的：“知其不可得也，而强之，又一惑也。故莫若释之而不推，不推其谁比忧？”就是说把它放开，不去推求，一切听其自然，不要象厉人那么汲汲然的样子，自然就没有谁相与为忧了。庄子的原意是说，厉人生子“恐其似己”，是由于自知其厉，故生此惑；如若懵然不知，也就不会有惑有忧了。这种思想，叫人去知泯欲，显然是错误的。依常理而论，厉人害癞病，吃够了苦头，希望后代不要象自己那样痛苦地生活下去，这是一种善良的愿望。

令人发指

典出《史记·刺客列传》：又前而为歌曰：“风萧萧兮易水寒，壮士一去兮不复还！”复羽声慷慨，士皆嗔目，发尽上指冠。

令人发指

战国末期，秦国要统一全中国，并采取了远交近攻的策略，一步一步地消灭其余六国。当秦国大兵开到燕国的西部边境易水河边的时候，燕太子丹非常紧张。于是，他找了一个叫荆轲的武士，让他到秦国去刺杀秦王嬴政（即后来的秦始皇）。

太子丹假装把燕国督亢这个地方献给秦国，让荆轲去送地图，并把一把匕首藏在图卷里，好让荆轲见机行事，刺杀秦王。

这一切都准备好以后，荆轲带着一个随员前往秦国。太子丹和荆轲都明白，这次去秦国可能凶多吉少，说不定会送命。于是太子丹带了一批官员穿上白衣服，戴着白帽子，把荆轲送到易水河边。临别时，荆轲悲切地唱："风萧萧兮易水寒，壮士一去兮不复还。"送行的人们见荆轲唱得如此激昂、悲切，一个个都睁大眼睛，连头发都直竖了起来。

"令人发指"这句成语中的"令"是使的意思，"发指"就是头发直竖起来。

后人用这个典故比喻愤怒到了极点。

六神不安

典出清代李宝嘉著的《官场现形记》第二回："这一天更不曾睡觉，替他弄这样弄那样，忙了个六神不安。"

《官场现形记》是清末李宝嘉著的一部长篇小说，共六十回。小说以遣责晚清官场的黑暗为主题，描写了当时官僚贪污勒索，迫害人民和投靠帝国主义的种种罪行，客观上反映了当时的一些社会矛盾，在思想上表现出改良主义倾向。在这部小说的第二回"钱典史同行说官趣，赵孝廉下第受奴欺"中讲到：有一个叫赵温的人中了举人，赵家设宴庆贺，一连忙了几天。派到县里的教官传下话来，让赵温即日赴省，填写亲供（秀才中举后，要在一定的期限里到学台官署去填写新供，写明年龄、籍贯、三代和身貌，并由所属的教官出具保证，证明属实）。赵温的爷爷看过皇历，选择了黄道吉日准备送孙子前往。临行的前一天，赵温的爷爷、爸爸，忙活了一天一夜，替赵温弄这弄那，忙了个六神不安。

六神，按道教的说法，人的心、肺、肝、肾、脾、胆各有神灵主宰，称为六神。后泛指精神。“六神不安”这句成语常用来形容心神不定。

六月飞霜

典出《后汉书·刘瑜传》注：《淮南子》曰：“邹衍事燕惠王尽忠，左右谮之，王系之，仰天而哭，五月天为之下霜。”

战国时期，齐国临淄有一个人叫邹衍（也作“驺衍”），深通阴阳之道，他著书10余万言，论述时世的盛衰兴亡都随金、木、水、火、土这“五德”为转移，其说宏大不经，在社会上很有影响。

邹衍游历各国，传播他的学说。他到达燕国时，燕王筑碣石宫请他居住，向他请教。邹衍在燕国做官，对燕惠王尽忠效力，但燕惠王身边的人都说他的坏话，陷害他。燕惠王听信谗言，把他关进了监狱。邹衍仰天大哭，感动了上天。那时正是火热的夏天，却遍地下起霜来。

“六月飞霜”就是从这个故事来的。人们用这个典故指冤狱，或用来比喻冤情感动天地。“六月飞霜”也作“五月飞霜”。

芒刺在背

典出《汉书·霍光传》：宣帝始立，谒见高庙，大将军光从骖乘，上内严惮之，若有芒刺在背。后车骑将军张安世代光骖乘，天子从容肆体，甚安近焉。及光身死而宗族竟诛，故俗传之曰：“威震主者不畜，霍氏之祸萌于骖乘。”

汉朝，有一个人叫霍光（公元前？～前 68 年），他是著名将领霍去病的异母弟。汉武帝时期，霍光为奉车都尉。他出入宫廷 20 余年，十分谨小慎微，从未出现过差错。汉武帝死后，汉昭帝 8 岁即位。按照汉武帝的遗诏，霍光以大司马大将军的身份辅佐汉昭帝处理政事，许多大事都由霍光决定。汉昭帝死后，霍光等人迎立昌邑王刘贺，但是刘贺淫乱奢侈，不务正业，被霍光等人废掉了。霍光等人又立刘询为皇帝，这就是汉宣帝。

汉宣帝初登帝位，去朝拜高祖庙，大将军霍光陪坐在旁边的一辆车上，看到霍光不苟言笑、十分威严的样子，汉宣帝的心里特别惧怕他，好像针芒刺在背上一样难受不堪。后来，车骑将军张安世代替霍光陪乘的时候，汉宣帝感到从容不迫、十分轻松，甚足安定和亲近。等到汉宣帝羽翼丰满，亲临朝政以后，收回了霍光的兵权，并以谋反罪杀了霍光，灭了他的宗族。所以，民间流传着这样的话，“威高震主的人不能被容纳，霍光的灾祸起源于陪乘。”

“芒刺在背”就是从这个故事来的。芒刺：指植物茎干上或果壳上的小刺。人们用“芒刺在背”比喻恐惧不安、很不自在。

目光如炬

典出《南史·檀道济传》：道济见收，愤怒气盛，目光如炬，俄尔间引饮一斛。

南北朝时，宋国有位大将叫檀道济，金乡（今山东济宁）人，是一位很有谋略的军事家，做到太尉的官（相当于宰相）。他随宋武帝伐秦国，随宋文帝伐魏国，屡建奇功，威名极重；不但国内的老百姓尊崇他，敌国也对他十分敬畏。皇帝见他威信日高，便对他怀疑起来，后来借故将他杀了。

当檀道济见到差官持了皇帝的命令来逮捕他时，愤怒气极，张大了眼睛，两道目光像火炬般射出来，一时气得说不出话来。半晌，命人拿出酒器，一下子喝了一斛（古量器，十斗为一斛，此处形容其多也），饮毕，便将头上束发的布带解下，掷在地上，大声道："嘿，这是你自己毁灭你的万里长城！"

后人根据这个故事演绎出成语"目光如炬"，形容非常愤怒，也用以比喻见识深远。

难兄难弟

典出《世说新语·德行》：陈元方子长文有英才，与季方子孝先各论其父功德，争之不能决。咨于太丘，太丘曰："元方难为兄，季方难为弟。"

汉朝太邱的县令陈实，有两个儿子，大的名纪，字元方，小的名谌，字季方，兄弟二人都有崇高的道德，且都有文才，远近的人都知道他们兄弟二人的名誉。

有一天，元方的儿子长文和季方的儿子孝先，争论起他们父亲的优劣来，究竟是谁优谁劣，争论了一回，两方各执道理，没有办法得出结论，于是都到他们的祖父陈实那里，请祖父评判一下谁优谁劣。陈实说：“他们俩的本领都是一样，不必论优劣，季方的弟弟也不容易呀！”

这本来是一句极好的话，也是恭维人家兄弟们品德、才能都好，难以分出高低。但是现在却被人们引申开来，意思转变为变为刻薄人家的用话，骂人家同恶相济。

怒发冲冠

典出《史记·廉颇蔺相如列传》：相如视秦王无意偿赵城，乃前曰：“璧有暇，请指示王。”王授璧，相如因持璧却立倚柱，怒发上冲冠。

一天，赵惠文王问蔺相如说：“秦王想用十五城交换我和氏璧，可以给他吗？”蔺相如说：“秦国强而赵国弱，不得不同意。”赵王说：“我给和氏璧，万一他不给我城，怎么办?”蔺相如说:“现在很难说，如他不给城，他就失礼;如果我们不给和氏璧，我们就失礼。平衡这两种选择，倒不如同意而使秦国失礼。”

赵王听了蔺相如的建议，仍感到为难。他说:“这样，使者的任务就重了!谁可以担任呢?”蔺相如立即回答说:“如果的确没有人，我愿替大王前往。秦国的城市划入赵国，我就把和氏璧留在秦国;城未划入，我就把它完整地带回来。”

怒发冲冠

于是，蔺相如带着和氏璧出使西面的秦国。

到了秦国，秦王高坐章台，蔺相如奉璧献上。秦王非常高兴，自己把玩一阵之后，又递给身边的宫娥彩女观看，然后再递给臣下。众人都高兴得呼喊万岁。

这种极为傲慢的态度激怒了蔺相如，他知道秦王无意按约划城给赵国，就向前说:“大王，璧上有一点儿黑斑，我想指给大王看看。”秦王把璧递给蔺相如，蔺相如紧握着璧退后，倚着柱子，愤怒得连头发都向上冲动了帽子，然后，举璧准备击碎。秦王怕击碎了玉，连忙缓和下来。后来蔺相如终于机智地用计把和氏璧带回了赵国。

后人用“怒发冲冠”形容人愤怒到了极点。

七情六欲

七情：按《礼记·礼运》的说法，指喜、怒、哀、惧、爱、恶（悟）、欲；按佛教的说法，指喜、怒、忧、惧、爱、憎、欲。

六欲：《吕氏春秋·贵生》中有“所谓全生者，六欲皆得其宜也”的说法。高诱注以为六欲是生、死、耳、目、口、鼻之欲；佛家则以色欲、形貌欲、威仪姿态欲、言语声音欲、细滑欲、人想欲为六欲。

后人用“七情六欲”泛指人的各种欲望。

破镜重圆

典出唐·孟棨《本事诗·情感》：陈太子舍人徐德言之妻，后主叔宝之妹，封乐昌公主，才色冠绝。时陈政方乱，德言知不相保，谓其妻曰：“以君之才容，国亡必人权豪之家，斯永绝矣。傥情缘未断，犹冀相见，宜有以信之。”乃破一镜，人执其半，约曰：“他日必以正月望日，卖于都市，我当在，即以是日访之。”及陈亡，其妻果入越公杨素之家，宠嬖殊厚。德言流离辛苦，仅能至京。遂以正月望日访于都市。有苍头卖半镜者，大高其价，人皆笑之。德言直引至其居，设食具言其故。出半镜以合之。仍题诗曰：“镜与人俱去，镜归人不归。无复嫦娥影，空留明月辉。”陈氏得诗，涕泣不食。素闻之，怆然改容，即召德言，还其妻，仍厚遗之。闻者无不感叹。仍与德言、陈氏偕饮，令陈氏为诗，曰：“今日何迁次，新官对旧官。笑啼俱不敢，方验作人难。”遂与德言归江南，竟以终老。

南北朝时期，陈朝有一个服侍太子的官人，叫徐德言。他的妻子是皇帝陈后主（陈叔宝）的妹妹，被封为乐昌公主，才貌双全，堪称天下女流之冠。当时，陈后主不理朝政，国事大乱，徐德言深知国家将亡，夫妻之间的爱情难以维持，就对他的妻子说："您有出色的才能和容貌，国家灭亡后，必定会被有权有势的人家夺去，我们就要永别了。如果我们彼此情缘未断，还希望相见的话，应当存留一个信物。"

于是，他打破一面镜子，每人各存一半，约定说："亡国后，您要在正月十五日那一天，在街市上卖镜子，我一定在那里，那一天我要访问您。"陈朝被隋文帝（杨坚）灭掉之后，徐德言的妻子果然被嫁入隋朝大官杨素（被封为越国公）的家里，甚受宠爱。

徐德言颠沛流离，千辛万苦才跋涉到京城。正月十五日那一天，徐德言到街市上寻访。他看到，有一个仆人高价出卖半面镜子，人们都嘲笑他。徐德言把那个仆人带到自己的住处，摆下饭菜招待他，讲述了事情的来龙去脉，拿出自己存在身边的半面镜子，与另一半合在一起，并在上面题诗一首："镜与人俱去，镜归人不归。无复嫦娥影，空留明月辉。"乐昌公主见诗后，涕泣不止，不吃不喝。杨素听到了这个消息，为之深深感动，立即召来徐德言，把妻子归还给他，并赠送了丰厚的礼物。听到这件事的人，无不感叹。杨素与徐德言、乐昌公主一起饮酒，叫乐昌公主吟诗。乐昌公主吟道："今天为什么又迁移再嫁呢？我面对着新官人，又面对着旧官人。我不敢笑，又不敢哭，此时才知做人难！"事后，乐昌公主与徐德言回到江南，终得团圆，白头偕老。

"破镜重圆"这一典故就是从这个故事来的。人们用它比喻夫妻离散后又重新得到团聚。

七上八下

典出《水浒传》第二十六回：看看酒至三杯，那胡正卿便要起身，说道："小人忙些个。"武松叫道："去不得。既来到此，便忙也坐一坐。"那胡正卿心头十五个吊桶打水，七上八下，暗暗地寻思道："既是好意请我们吃酒，如何却这般相待，不许人动身？"只得坐下。

潘金莲与西门庆通奸，害死了丈夫武大。武松向官府告状，催逼知县拿人。谁知这官人贪图贿赂，不肯主持公道。武松决定亲报此仇，在家里安排酒席，要当场杀死潘金莲，请来街坊邻居作证。对门卖冷酒店的胡正卿，原是吏员出身，见此事干系重大，哪里肯来？武松不管他，硬拖了过来，安排坐定。武松请到四家邻居，并王婆和嫂嫂潘金莲，共六人。武松掇条凳子，却坐在横头，叫士兵把前后门关了，那后面士兵自来筛酒，武松只是客套一番，也不说干什么，士兵只顾筛酒，弄得众人怀着鬼胎，不知如何是好。”

酒过三杯，胡正卿便要起身告辞，说：“小人太忙了。”武松大声说道：“你不能走。既然来到这里，再忙也要坐一坐。”那胡正卿心神不定，心头如15个吊桶打水，七上八下，心中暗想：“既然是好意请我们吃酒，为什么又这样对待，不许我动身？”又怕武松动怒，只得坐下。接着，武松审问潘金莲、王波，让胡正卿一一记录在案。武松杀了潘金莲，又去杀了西门庆，报了杀兄之仇。

“七上八下”就是从这个故事来的。人们用它形容心神不定。

切齿拊心

典出《战国策·燕策三》：此臣日夜切齿拊心也，今乃得闻教。

燕太子丹在秦国作人质，逃跑回去后，看到秦国大将王翦攻破了赵国，俘虏了赵王，一直打到燕国的南边国境。燕太子为了摆脱困境，便把荆轲请来，一起商讨对策。他对荆轲说："秦兵很快就要打过易水了，到那时，即使我想长期陪伴先生，也不可能了。"荆轲说："听说秦王悬赏捉拿樊於期将军，谁捉到赐金千斤，封侯万户。今樊于期将军避难奔燕，如果我们以樊於期的脑袋和燕国督亢的地图，献给秦王，秦王一定非常高兴地接见我，我就乘机刺死秦王以报答太子。"太子丹说："樊将军穷困才来投奔我，我不能因私利而伤害长者，请荆卿另外设法。"

荆轲知太子不忍伤害樊将军，就私下去见樊於期说："秦王使你遭受的祸害太深了。父母宗族都被他们杀光了。现在秦王要以金千斤，万户邑来买你的脑袋，你看怎么办呢?"樊将军仰首呼天，泪如泉涌，深深地叹了一口气说：'"我每想起这些，就痛入骨髓，但总想不出个办法来。"荆轲说："我倒有个办法，既可以解燕国之患，又可以报将军的深仇。"樊於期凑近荆轲问："你有什么办法?"荆轲肃然，对樊于期说："愿得将军的头，以献秦王，秦王必喜而见我，我就趁机左手抓住秦王的衣袖，右手以匕首刺杀他，这样将军的仇报了，燕国的耻辱也雪了，将军以为如何？”樊於期卷起袖子，凑近荆轲说：“此臣日夜切齿拊心也，今乃得闻教。”（意思是：这是我白天黑夜咬牙捶胸的恨事，但不知如何能雪此恨，而今才得你的教诲。）

樊於期说到此，就拔剑自刎了。

后人用“切齿拊心”来形容愤恨到了极点。

青梅竹马

典出唐·李白《长干行》诗：郎骑竹马来，绕床弄青梅。同居长干里，两小无嫌猜。

唐朝的大诗人李白，所作的诗俊逸高畅，并且很富情感；有人曾说他的诗才，像天上的神仙，谪居人世间一般。他的作品中，有一首诗描述男女孩子彼此玩得很投机的情况，其中有二句道：“郎骑竹马来，绕床弄青梅。”“青梅竹马”这句成语，就是从这两句诗中得来的。它的意思是说：小孩子们聚在一起，感情很好，很少发生过打架、争吵等事。

“青梅竹马”这句成语通常形容男女幼童天真无邪地

在一起玩耍。

如丧考妣

典出《尚书·舜曲》：帝乃殂落，百姓如丧考妣。《孟子·万章上》：二十有八载，帝乃殂落，百姓如丧考妣。

鲁国有个蒙丘，是孟子的学生。有一次，他去拜见孟子，问孟子道：“俗话说：‘道德最高的人，君主不能以他为臣，父亲不能以他为子。’舜便是这样的人。舜做了天子之后，尧率领诸侯向北面去朝见他，舜的父亲瞽叟也向北去朝见他。舜看见瞽叟来朝见，局促不安。孔子说：“‘在这个时候，天下就危险得很啊！’不知道事实是否这样。”

孟子回答说：“不是这样。尧活着的时候，舜不曾做天子，只是尧老年时叫舜代他执行过天子的职务。《尧典》上说：‘二十八年之后，尧死了，老百姓象死了父母一样，服丧三年，各地都停止了娱乐活动。’孔子对此说过：‘天上没有两个太阳，人间没有两个天子。’如果说舜在尧死之前就做了天子，这岂不是同时有两个天子吗！”

后人用“如丧考妣”表示好像死了父母一样的难过和伤心。

如坐针毡

典出《晋书·杜锡传》：舍人杜锡……性亮直忠烈，屡谏愍怀太子，言辞恳切，太子患之。后置针着锡常所坐处毡中，刺之流血。

晋朝时，有一杜名锡的人，他是杜预的儿子，从小受到良好的熏陶，年轻时就以学识渊博著称。先被长沙王请去做文学侍从，经过几次升迁，最后被调去作太子舍人（官名，掌管宫中一切事务的官），为愍怀太子服务。

愍怀太子是个不肯长进的人，行为乖张，做事不合情理。杜锡日日在他身边工作，对太子这种作风很不同意，便常常向太子劝告，希望他能改进。杜锡的言词非常忠实恳切，但愍怀太子却觉得他多事，很不高兴，便

如坐针毡

派人悄悄地在杜锡平日坐的毯（毛织成的毯，可用来作地毯或坐褥）中插了许多针，杜锡不知此事，坐下时被刺得流出血来。过了几天，愍怀太子问杜锡说："前几天你作些什么呢？"

杜锡说："我喝醉了酒，什么事都不知道。"太子一定要问到底，还说："你喜欢责备人，为什么自己也做错事呢？"杜锡被问得狼狈不堪，哭笑不得。

后人便将这个故事引申为"如坐针毡"一句成语，用来形容穷苦到了极点，处处受人压迫，时时被人播弄，弄得坐卧不宁，啼笑皆非的这种情况。也形容坐卧不安的样子。

食肉寝皮

典出《左传·襄公二十一年》：然二子（齐将殖绰、郭最）者，譬于禽兽，臣（州绰）食其肉，而寝处其皮矣。

春秋时，鲁襄公十八年，晋国征伐齐国，晋国的州绰用箭射中了齐将殖绰，并俘获了殖绰和郭最。

过了三年，州绰因躲避祸难逃奔到齐国。齐庄公对他说，殖绰、郭最如何勇猛。州绰说："他们等于是野兽，早被射死，肉已被吃，皮已做成卧具，怎么能算勇？"

后人用"食肉寝皮"这个典故比喻仇恨极深。

拭目以待

典出《三国演义》第四十三回：先生今为刘备出谋划策，朝廷旧臣，山林隐士，无不拭目以待。

三国时代，曹操的军队占领襄阳后，又星夜兼程直逼江陵，这极大地威胁着江东的孙权和荆州的刘备。江东的孙权派鲁肃为使，前去说服刘备，同心一意，共破曹操。刘备见曹操势大，难以抵敌，也希望联合孙权，共同御敌。为此，刘备派诸葛亮随鲁肃到东吴共商对策。

一日，孙权召集张昭、顾雍等一班文武二十余人升堂议事，并请孔明出席。张昭一班人，因惧曹兵势大，力主投降，今见孔明前来出使，料定是来游说，鼓动孙权以抗曹操，因而首先跳出来诘难孔明。张昭口沫横飞地说："先生自比管仲、乐毅，而管仲为桓公之相，治国有方，一匡天下，称霸于诸侯；乐毅扶持微弱的燕国，使之逐渐强大，一下使齐国的七十座城池降服，这两个人才真正是济世之才！先生今为刘备出谋划策，朝廷旧臣，山林隐士，无不拭目以待，希望复兴汉室，除灭曹操，然而今天曹兵一出，乃弃甲抛戈，望风而窜，上不能报刘备，下不能安庶民，管仲、乐毅难道是这样的吗？”孔明听了，哑然失笑，说道：“复兴汉室，绝非一日之功！一个患了重病的人，先要给他吃稀粥、服平和之药，等到腑脏调和，形体渐安，然后才能以肉食加以补养，以猛药加以治疗。我主刘备向日军败，兵不满千；新野小县，人少粮缺，这正如人染沉疴一样，得慢慢调治。就是在这样的情况下，仍然能博望烧屯，白河用水，使夏侯墩、曹仁等心惊胆裂，就是管仲、乐毅用兵，也不过如此吧！何况胜败乃兵家常事，过去高皇数败于项羽，而垓下一战成功，这不是韩信的良谋吗？”这一番言语，说得张昭无言回答。

后人用“拭目以待”（拭目：擦眼睛）形容期望十分殷切，也表示确信某件事的出现。

踏青恋情

去年今日此门中，人而桃花相映红。人面不知何处去，桃花依旧笑春风。

这首脍炙人口的唐诗，是唐朝诗人崔护有一年清明踏青时写的。它叙述了一个令人惆怅而又美好动人的爱情故事。

在那桃吐丹霞，柳垂金线的清明时节，古代的青年男女们都要到郊外踏青，也就是春游。这种风气在唐朝最为盛行。男女青年踏青时，常常会发生一些爱情故事。崔护的故事便是其中一例。一年清明节，风流潇洒的青年崔护独自到长安郊外踏青赏春。面对花红柳绿的春景，崔护一路赞赏一路吟诗作赋，兴致勃勃。后来，走到一小村庄时，他觉得口渴异常，便来到一家小院，讨碗水喝。院子里种了株桃树，正开得花枝烂漫。小院门打开后，走出来一个年方十七八岁的姑娘。姑娘长得眉清目秀，身材窈窕，那张漂亮的脸在粉红的桃花的映衬下更加娇媚动人。崔护立时被她迷住了。姑娘把崔护请进院中，给他倒了一碗水，崔护一边喝水一边打量姑娘，姑娘也偷偷用眼角看崔护。两人目光相遇，似有无限的情意。但是，古代的封建礼法很严，男女授受不亲，单独呆在一起被人看见了，要遭非议。崔护匆匆喝完水后，仍不愿离开，那姑娘也有恋恋不舍之意。后来，崔护觉得机会难得，便忍不住大胆地向姑娘表白了自己的爱慕之情，姑娘含羞地接受了。两人约定，第二年清明时再相见。

第二年清明，崔护忆起旧情，十分难忘，便匆匆赶到那户农家小院。当他到的时候，无奈，那姑娘已经不在了，小院门上上了一把锁。但那株桃花依旧开得花枝烂漫，四周的美景也一如往昔，只是人已去，院已空。崔护惆怅万分，闷闷不乐地回来了。回来后，他便写下了前面那首优美动人的诗篇。这首诗很快流传开来，“人面桃花”还成了一个文学典故。这个爱情故事，给多姿多彩的清明节，又平添了一份异彩。

同仇敌忾

这句成语是由“同仇”和“敌忾”组合而成的。“同仇”典出《诗·秦风·无衣》：岂曰无衣？与子同袍；王于兴师，修我戈矛，与子同仇。意思是：谁说没有衣裳？和你同穿战袍。国家出兵打仗，快把武器修好，共同对付仇敌。

“敌忾”典出《左传·文公四年》：诸侯敌王所忾，而献其功。意思是：诸侯决心起来讨伐大王（指鲁文公）所痛恨的敌人，上下齐心，打败了敌。人后，回来向大王献功。

后人用“同仇”和“敌忾”组合成“同仇敌忾”这句成语，形容怀着无比仇恨和愤怒共同对敌。

痛心疾首

典出《左传·成公十三年》：诸侯备闻此言，斯是用痛心疾首，昵就寡人。

春秋时，秦国和晋国互相以婚姻联系（秦穆公夫人是晋献公女儿。后世称联姻“秦晋之好”就源出于此），秦穆公又曾三次替晋国安定君位，晋公子重耳（晋文公）流亡国外，也因秦国相助，得以回国即王位。但由于两国国境相接，双方都要发展自己的势力范围，所以秦晋两国虽属亲戚关系，仍不免发生冲突。从秦穆公到秦桓公的三代中，秦晋二国争战不休。

晋厉公即位后，又因边界发生纠纷，于是两国君王互相约在令狐（故址在今山西省猗氏县西）会面，大家订立盟约。可是秦桓公回国后，立刻又背叛了盟约，约楚国攻白狄（秦国边界的小国，是秦敌国，但与晋却是有姻亲之好)，楚国答应了。可是秦国却派人对白狄说："晋国要攻打你们。"楚国也派人对晋国说，秦国背约和楚国修好，要对付晋国。白狄和楚国都洞穿秦国的用心，全恨秦国背信弃义。晋国派吕相去和秦国绝交，对秦国说："各国诸侯如今都知道秦国唯利是图，不守信用，所以大家都愿意和晋国亲近友好。现在晋国已和各国诸侯作好准备。如果秦国愿意订盟约，我晋国可以劝诸侯退兵，否则，我们与诸侯共同对付秦国"。

后人用"痛心疾首"比喻怨恨非常深，极端痛恨。

投畀豺虎

典出《诗经·小雅·巷伯》：取彼谮人，投畀豺虎。

西周末年，由于周幽王的残暴统治，加上接连不断的天灾，使得政局混乱，民不聊生。不少官员眼见这种情况，很焦急，向幽王提出劝谏。但是，幽王及其周围一些奉迎拍马的小人，经常对劝谏者施以酷刑。当时，有一个叫孟子的官吏，因遭人陷害，受了宫刑。孟子对那些造谣生事，诬陷好人的卑鄙小人很痛恨，对幽王不能明辨是非、伸张正义很气愤，于是作了《巷伯》这首诗，以刺幽王。诗中写道：那个诬陷别人的小人，是谁给他出谋划策呢？干脆把这些家伙拉出去喂了豺狼虎豹吧！

“投畀豺虎”意即扔给豺虎去吃。人们常用来表示群众对坏人的愤恨。

兔死狐悲

典出《宋史·李全传》：宝庆三年二月，杨氏使人行成于夏全曰：“将军非山东归附那？狐死兔泣，李氏灭，夏氏宁独存？愿将军垂盼。”

南宋时期，山东一带处于金兵控制之下，老百姓不堪忍受金兵的压迫，纷纷起兵抗金。杨安儿、李全等领导的几支红袄军，是规模较大的起义军队。

起义军队遭到金军的残酷镇压，杨安儿不幸牺牲。杨安儿的妹妹杨妙真（号称四娘子），率领起义部队转战各地，继续斗争。杨妙真善骑射，自称梨花枪天下无敌手。在红袄军中被称为“姑姑”。后来，杨妙真的起义军

兔死狐悲

与李全的起义军在磨旗山（今山东莒县东南的马山）汇合一起，杨妙真与李全结为夫妻。公元1218年，他们投归宋朝，部队驻扎在楚州（今江苏省淮安县）一带，继续从事抗金斗争。公元1227年，他们被南下的金兵包围，战斗失败后投降金军。

公元1227年，宋朝派太尉夏全率领兵马攻打楚州，李全处境十分危急。杨妙真心想，夏全原先也是山东起义军的将领，可以对他做一番争取工作，于是派人对夏全说："夏将军不也是从山东率众归附宋朝的吗？可是现在，您却带兵攻打我们。狐狸和兔子都是同类，如果狐狸死了，那么兔子就会悲伤哭泣；如果把李全消灭了，难道唯独您能够生存下去吗？希望我们之间不要相互残杀。"夏全终于被说服了。

成语“兔死狐悲”即由此演变而来。意思是，兔子死了，狐狸感到悲伤。比喻因同类死亡而感到悲戚。用于贬义。

这句成语亦称“狐死兔悲”、“狐死兔泣”。

文不加点

典出《后汉书·祢衡传》：射时大会宾客，人有献鹦鹉者，射举卮于衡曰：“愿先生赋之，以娱嘉宾。”衡揽笔而作，文无加点，辞采甚丽。

东汉时期的祢衡（字正平，公元 173～198 年），恃才傲物，狂放不羁。他瞧不起重权在握的曹操，三番五次当众羞辱他。有一次，祢衡坐在曹操的营门口，以杖捶地，大骂不止。曹操很气愤，对祢衡的好友孔融说：”祢衡这小子，我杀他就像杀死雀鼠一样容易。但是，他素有声名，如果杀了他，人们会说我不能容人。我把他送交给荆州刘表，看刘表怎样对待他。”

祢衡到了刘表那里之后，刘表虽然很欣赏祢衡的才能，但也受不了他的傲慢劲儿。于是，刘表又把祢衡送给性情急躁的江夏太守黄祖。起初，黄祖很器重祢衡，尤其欣赏他写得一手漂亮的文章。他曾经拉着祢衡的手，说："您写的这篇文章，正中我的下怀，说出了我想说而又说不出的话。"

黄祖的长子黄射是章陵太守，同祢衡特别要好。有一次，黄射大宴宾客，有人献来鹦鹉。黄射举杯对祢衡说："请先生写一篇鹦鹉赋，为嘉宾们助助酒兴。"祢衡提笔就写，文章写好后不用改动，文采十分华丽。

"文不加点"就是从这个故事来的。点：以墨涂改。"文不加点"的意思是，文章写好后不用改动。人们用它形容文思敏捷，整篇文章都很完善。

吴牛喘月

典出《世说新语·言语》：满奋畏风，在晋武帝坐，北窗作琉璃屏，实密似疏，奋有难色。帝笑之，奋答曰："臣犹吴牛，见月而喘。"

晋武帝（司马炎）时，有一个叫满奋的人，素来怕冷风，一到冬天，更视西北风如猛虎。有一次，他去见武帝，宫中朝北的窗子是用玻璃（用矿石为原料制成的物体，略透明，有色泽）作屏，这屏做得很密实，但看起来却似很疏松那样。满奋看了，不禁先打了个冷颤，口中虽不敢说，面色上却已作出很为难的样子。

武帝见到他这副尴尬的神气，不觉好笑。满奋不好意思的说："臣犹吴牛，见月而喘。"

《世说新语》对"吴牛见月而喘"有如下的解释：在当时，水牛只有生长在长江、淮河一带，故称为吴牛。在南方，天气很热，水牛是很怕热的。在晚上见到月亮便以为是太阳，很是害怕，立即气喘起来。所以有"见月气喘"的说法。

后人用"吴牛喘月"形容炎暑酷热，或比喻遇到类似的事物因疑心而胆怯、害怕。

相惊伯有

典出《左传·昭公七年》：郑人相惊以伯有，曰："伯有至矣！"则皆走，不知所往。铸刑书之岁二月，或梦伯有介而行，曰："壬子，余将杀带也。明年壬寅，余又将杀段也。”及壬子，驷带卒，国人益惧。

齐、燕平之月壬寅，公孙段卒，国人愈惧。

春秋时期，郑国大夫良霄（字伯有）为人刚愎自用，专横霸道，生活上也很奢侈放荡。他同郑国大臣公孙段、子皙等人有很尖锐的矛盾，经常挥戈相斗，互不让步。鲁襄公三十年（公元前543年）七月间，彼此双方争端又起。子皙的侄子驷带率众攻打伯有，把他杀死在卖羊的街市上。

伯有死后，人们迷信地认为，他活着是一个强暴的人，死后必定要变成凶恶的鬼，对他的仇人加以报复。

郑国人因为伯有而互相惊扰，如果有谁说一声：“伯有来了！”大家全都撒腿就跑，也不知道应当跑到哪里去才好。有一年，人们把刑书铸到了鼎上。就在那年二月间，有人梦见伯有披甲而行，并且说：“三月二日，我要杀死驷带。明年正月二十七，我将要杀死公孙段。”到了三月二日，驷带果然死了。第二年正月二十七，适逢齐、燕两国媾和的那一天，公孙段也死了，郑国人更加惧怕伯有了。

“相惊伯有”就是从这个故事来的。它的本意是说，郑国人惧怕伯有的鬼魂。后来，人们用它比喻无故自相惊扰，闹得人心惶惶。

新亭对泣

典出《世说新语·言语》：过江诸人，每至巳日，辄相邀新亭，籍卉饮宴。周侯中坐而叹曰："风景不殊，正自有山河之异。"皆相视流泪。唯王丞相愀然变色曰："当共戮力王室，克复神州，何至作楚囚相对。"

东晋大臣王导，字茂弘，琅琊临沂（今属山东）人。西晋末年，他向琅琊王司马睿献计把朝廷移往南方。司马睿称晋元帝后，王导任丞相。王导是个很有才干的人，深得元帝信任，他与堂兄王敦共掌兵权，镇守长江上游。当时人们说："王家与司马，共同管天下。"

当时一位名士叫桓彝，刚从北方过江，他见东晋王朝势单薄，心中担忧。他对另一位颇受王导赏识的名士周颛说："我就是看到中原一带战乱纷纷，难以自保，自以渡江南来。不料朝廷势力如此微弱，如何能保护我们呢？"后来，他去见了王导，畅谈了一番，回来后，他欣慰地对周颛说："王导是个管仲那样的贤相，晋朝振兴有望，我不再忧愁了。"

建康城南有个新亭，一批跟随晋元帝渡江南下的士大夫们，每周闲暇之时，喜欢邀约着新事聚会。有一次正在饮酒时，周颛怀念起北方，心中难受，就重重地叹息一声，然后说："到处的风光都是如此美好，可是国家的江山却与过去不一样了。"在座的人听周一说，都唤起了对故土的思念，大家无可奈何地默默对视，不觉流下泪来。

大伙儿正在伤感，丞相王导一下子变了脸色，生气地说："大家应当努力同心，辅佐朝廷，收复神州失地，为什么要学楚国囚徒那样哭哭啼啼的呢？"众人听了很惭愧，连忙擦干眼泪，感激丞相的开导。

后人用"新亭对泣"的典故比喻处境困难，含悲忍辱，束于无策；或形容怀念故国故：上的哀伤情状。

荀粲熨妇

典出《世说新语·惑溺》：荀奉倩与妇至笃，冬月妇病热，乃出中庭自取冷，还以身熨之。妇亡，奉倩后少时亦卒。

荀粲熨妇

荀粲，三国时期魏国人，字奉倩。荀粲娶骠骑将军曹洪的女儿为妻，夫妻二人感情甚好。冬天，妻子患病身体发热，荀粲自己到院子里把身体冻凉，回来后和妻子贴紧身体给她降温。妻子死后不久，荀粲也死了。

“荀粲熨妇”一典故就是从这个故事来的。后来，人们用它形容夫妻之间感情极深。

怡情悦性

典出《红楼梦》第十七回：你们不知，我自幼于花鸟山水题咏上就平平的；如今上了年纪，且案牍劳烦，于这怡情悦性的文章更生疏了，便拟出来，也不免迂腐，反使花柳园亭因而减色，转没意思。

大观园修造成功之后，贾珍等来请贾政，要他去园中看看，如有不妥之处再行改造，并且好题匾额对联。贾政听了，沉思了一会儿说：“题匾额对联，论理该贵妃（指贾元春）赐题，然贵妃未亲观其景，也难悬拟。但若等贵妃游历之后再题，偌大景致，任是花柳山水，也断不能生色。”跟随贾政的众清客在旁笑着说：“现在可根据不同景致拟个灯匾对联挂了，待贵妃游历时最后定夺，岂不两全?”贾政听了道：“对，我们且去看看，该题的就题，如若不妥，还可请雨村再拟。”众人听了都笑着说：“老爷今日一拟定佳，何必又待雨村。”贾政笑了笑说：“你们不知，我自幼于花鸟山水题咏上就平平的；如今上了年纪，且案牍劳烦，于这怡情悦性的文章更生疏了，便拟出来，也不免迂腐，反使花柳园亭因而减色，转没意思。”众清客道，这没有什么关系。我们看了大家都拟，拟得好的就采用。贾政说：“这话说得好，就这么办。今天天气和暖，大家去逛逛。”

后人用“怡情悦性”表示使心情舒畅悦乐。

倚门而望

典出《战国策·齐策六》：王孙贾年十五，事闵王。王出走，失王之处。其母曰："汝朝出而晚来，则吾倚门而望；汝暮出而不还，则吾倚闾而望。"

齐国有个人名叫王孙贾，十五岁作了齐闵王的侍从。有一次齐国与燕国作战，吃了败仗，齐王出奔于莒。但是王孙贾却不知道齐王到哪里去了。他母亲责备他没有像父母关心儿子那样去关心齐王，并以自己关心儿子的心情、行为来教育王孙贾说："你早晨出去，晚上回来，我都靠在家门边来望你；你晚上出去许久不见回来，我就靠在里门口来望你。"王孙贾的母亲还进而斥责他说："你是齐王的侍从，齐王到哪里去了你都不知道，你为什么还要回家来？"王刊、贾听了母亲的教训，马上去找。他到了市中，打听到淖齿作乱把齐王杀了，于是就对市上的人说："齐王被淖齿杀了，我一定要诛杀淖齿，愿意同我一道去诛杀淖齿的，请把右臂袒露出来。"当时市上的人跟随王孙贾去诛杀淖齿的，竟有四百多人。他们和王孙贾一道去把淖齿杀了，为齐王报了仇。

后人用“倚门而望”或“倚闾而望”来形容父母盼望子女归来的殷切心情。

易水悲歌

典出《战国策·燕策三》：“遂发。太子及宾客知其事者，皆白衣冠以送之，至易水上。既祖，取道。高渐离击筑，荆轲和而歌，为变徵之声，士皆垂泪涕泣。又前而为歌曰：‘风萧萧兮易水寒，壮士一去兮不复还！’复为慷慨羽声，士皆瞋目，发尽上指冠。于是荆轲遂就车而去，终已不顾。”

战国时期，燕国太子丹在秦国做人质，后来逃回了燕国。他看到秦国即将灭亡六国，秦兵逼近易水，担心大祸临头。他请义士荆轲前往秦国刺杀秦王。

荆轲动身出发了。太子丹及知道此事的门客，都穿着白衣戴着白帽赶来送行，一直送到易水边上。祭祀完路神，选好道路。高渐离击筑，荆轲和着筑声唱了起来，唱的是变徵的悲调，人们都流泪哭泣。荆轲又走上前唱道："风声萧萧啊，易水清寒，壮士一去啊，不再回还！"接着，乐音又转为慷慨激昂的羽声，人们都愤怒地睁大了眼睛，怒发冲冠。于是，荆轲登车而去，始终没有回头看。

"易水悲歌"就是从这个故事来的。人们用它表现慷慨悲壮、视死如归的气概。也可用以形容别离时的悲凉的场面。

忧心忡忡

典出《诗经·召南·草虫》：未见君子，忧心忡忡。

《草虫》是《诗经》里的一篇诗歌的名字。这首诗，可能是周代的一首民谣。《诗序》说："《草虫》，大夫妻能以礼自防也。"但《诗经·召南》上的这首《草虫》并未有此意，只是写了一个女子对丈夫（"君子"）的怀念和相见时的喜悦。诗中写道：没有见到君子，心中忧虑不安。

后人用"忧心忡忡"形容心事重重，不能安静。

忧心如焚

典出《诗经。小雅·节南山》：赫赫师尹，民具尔瞻，忧心如焚。

周幽王，是西周的最后一位国王，公元前781—前771年在位。他是在我国历史上的一位有名的昏君。在位期间，任用尹氏（师尹）等人执政，政治混乱，势甚危殆。再加上当时严重的地震和旱灾，人民大众流离失所，国家日趋衰败。面对这种情况，家父（亦作嘉甫或嘉父，周大夫，据《春秋》说，“他为桓王时人，上距幽王之死已六十余年，这位家父可能是幽王时的一位同名之人）十分忧虑，便写了《节南山》一诗刺幽王。诗中，家父用讽刺的笔法揭露了尹氏的罪行，希望周幽王明察，以延续周室的统治。诗中写道：煊赫显贵的太师尹氏，人民都瞪着眼睛瞧着你，忧愁的心里像烈火在燃烧……”周幽王对大臣们的劝谏根本听不进去，照样重用这些人，加重对人民的剥削。后来，又因宠爱褒姒，废掉申后和太子宜臼。申侯联合犬戎等攻周，周幽王被杀于骊山下，西周遂告灭亡。

“忧心如焚”即愁得心里像火烧。人们常用这句成语形容内心焦虑不安。

怨声载道

典出《后汉书·李固传》：夫义路闭则利门开，利门开则义路闭也。前孝安皇帝内任伯荣、樊丰之属，外委周广、谢恽之徒，开门受赂，署用非次，天下纷然，怨声满道。

东汉顺帝（刘保）时期，有一个人叫李固，字子坚，汉中南郑人。他相貌奇伟，学识丰富，四方有志之士都慕名赶来向他请教。公元133年（阳嘉二年），发生了地震、山崩、火灾，汉顺帝叫公卿大夫推荐贤才，讨论兴利除弊的治国方策。卫尉贾建向汉顺帝荐举了李固。李固上书分析形势，提出很多建议，多被顺帝采纳。因此，李固被拜为议郎。

但是，当时政治腐败，宦官的势力很大。他们不但可以兼做朝官，还可以传爵给养子，随意荐举人做官。

一时间，形成了“无功小人，皆有官爵”的局面，大大激怒了有德有才的士人。李固一派比较耿直的官僚依靠梁皇后家的势力，企图和宦官对抗。

梁皇后的父亲叫梁商，任大将军。他以皇后的父亲的身分执掌朝政，但为人软弱谨慎，没有决断。李固想借助于他的力量改变腐朽的政风，向他上书说：“忠义的道路被堵塞，图谋私利的大门就会被打开；图谋私利的大门一旦被打开，忠义之路就完全被堵塞了。从前，汉安帝（刘祜）在内部信任伯荣、樊丰等人，在外部重用周广、谢恽之流，这帮人敞开大门公开接受贿赂，任用官吏根本不讲什么顺序、等第，弄得天下人议论纷纷，怨恨之声充满道路。”

李固建议梁商倡行忠义，任用贤才，端正政风，整顿朝纲，使腐败的社会风气得到改变，以巩固东汉王朝的统治地位。但是，梁商顾虑重重，不敢采纳李固的政治主张。

“怨声载道”也作“怨声满道”，就是从这个故事来的。它的意思是，怨恨之声充满道路。人们用它形容对统治者强烈不满，怨恨之声到处有。

怨天尤人

典出《论语·宪问》：子曰："莫我知也夫！"子贡曰："何为其莫知子也？"子曰："不怨天，不尤人，下学而上达，知我者其天乎！"

春秋时期的孔子，是一个很有学问、极有修养的人。但是，他总觉得不被重用，有时也发起牢骚来。

有一次，孔子说："没有人了解我啊！"他的学生子贡说："怎么能说没有人了解您呢？"孔子说："我不埋怨天，也不责备人，下学礼乐而上达天命，了解我的只有老天爷罢了！"

"怨天尤人"就是从这里来的。尤：怨恨，归咎。"怨天尤人"的意思是，既怨天，又责人。人们用它形容牢骚满腹，埋怨一切。

糟糠之妻

典出《后汉书·宋弘传》：时帝姊湖阳公主新寡，帝与共论朝臣，微观其意，主曰："宋公威容德器，群臣莫及。"帝曰："方且图之。"后弘被引见，帝令主坐屏风后，因谓弘曰："谚言贵易交，富易妻，人情乎？"弘曰："臣闻贫贱之知不可忘，糟糠之妻不下堂。"帝顾谓主曰："事不谐矣。"

糟糠之妻

后汉光武帝时，有个大夫宋弘，为人正直而不徇情。当时光武帝需要一个博学多闻的人在身边服务，宋弘就将桓谭介绍给光武帝，并对光武帝说：“桓谭的学问可以与西汉时的扬雄和刘向比美。”于是光武帝便拜桓谭为给事中，专门在其身边服务，每次宴会，都叫桓谭鼓琴，可是桓谭常常用淫秽的郑国音乐去愉悦光武帝。这件事给宋弘知道了，立即叫桓谭来见他，责备他不应将不好的音乐给皇帝听。后来又向光武帝谢罪，说：“我荐桓谭的本意是希望以忠正辅导王室，现在满朝中都听郑声，这实在是我的罪过。”光武帝立即罢免了桓谭，并说这是他自己的错误。从此更钦佩宋弘做人的作风。

当时，光武帝有个姐姐湖阳公主死了丈夫，她很敬慕宋弘，光武帝便单独召见宋弘，对他说：“俗话说：一个人地位高了，就能改交另一批高贵的朋友；一个发了财的人，就要将原来的妻子换个新的。你觉得这是人的常情吗?”宋弘说：“我听说一个人在贫贱时交的朋友，不应该忘记；和自己共患难的妻子，无论环境变得如何富有，也不能将她抛弃。”光武帝和公主听他这样说，只得放弃自己的主张。

后来的人便将宋弘这两句话引申成“糟糠之妻”一句成语，比喻贫贱时娶的妻子，到富贵时不要遗弃共患难的妻子。

泽神委蛇

典出《风俗通·世间多有见怪惊怖以自远者》：齐公出于泽，见衣紫衣，大如毂，长如辕，拱手而立。还归寝疾，数日不出。有皇士者见公语，惊曰："物恶能伤公？公自伤也。此所谓泽神委蛇者也，唯霸王乃得见之。"于是桓公欣然笑，不终日而病愈。

齐桓公外出，路过一片大泽，看见一个身穿紫色衣服、粗如车毂、长如车辕的怪物拱手而立，受了惊吓，回宫后就病倒在床，好几天不能外出。

齐国人皇士见到桓公，听他叙述后惊喜地说："怪物那能伤害您呢？是您自己惊吓自己了。这是泽神——委蛇，只有称霸诸侯的人才能见到啊！"

于是齐桓公高兴地笑起来，当天病就好了。

后人用"泽神委蛇"的这个典故说明，齐桓公病得快，好得也快，都是心理作用。后来人们用此典故比喻心理作用的力量。

昭君出塞

和亲是中国封建统治者与周围少数民族缓和矛盾，促进民族经济文化交流的重要手段之一。最早的和亲是汉高祖刘邦以宗室女嫁给匈奴单于。和亲次数多的是汉朝与唐朝。

汉朝最著名的和亲是汉元帝把王嫱按公主的礼节嫁给匈奴呼韩邪单于。王嫱本名昭君，入宫后改名嫱，她出身于小康人家，知书达理。在后宫，她只是个宫女，但却很识大体，听说要在宫女中选人去匈奴和亲，她主动要求去，得到了元帝的同意。元帝特别命人请了匈奴妇女来给王昭君讲匈奴的风俗习惯、妇女的礼节，还教她匈奴话；还找来许多乐工，教她琵琶、胡琴等。昭君天生聪颖，很快就学会了。

一切都准备就绪之后，呼韩邪单于亲到长安迎娶。新郎新娘以父礼拜见汉元帝，得到许多赏赐。新婚之后，夫妻离开长安，文武百官代替皇帝送出十里长亭。在向匈奴进发的路上王昭君写了一首琵琶曲《昭君怨》，诉说自己离开中原，永别父母的忧伤。

王昭君远嫁匈奴，带去了许多先进的生产工具、良种、医药和大量的中国书籍，使匈奴地区的农业生产有了进一步的发展，文化进一步汉化，促进了匈奴的社会发展。

呼韩邪单于很仰慕汉族文化，很尊重昭君，夫妻两人感情很融洽。呼韩邪单于死后，根据匈奴习俗，昭君又嫁给了新立的单于。昭君连续做了两代单于之妻，在匈奴极富人望。她死后，匈奴人根据她的遗嘱，在归化（今呼和浩特）一块向阳的风水宝地，坐北朝南地为她修了座坟。沙漠地区干旱寒冷，大多数地方只在夏季很短的一段时间才长青草。但昭君墓得天独厚，一年中大部分时间翠草葱茏，因此人们称昭君墓为“青冢”。

至死靡他

典出《诗经·鄘风·柏舟》：泛彼柏舟，在彼中河。髧彼两髦，实为我仪。之死矢靡它，母也天只！不谅人只！泛彼柏舟，在彼河侧。髧彼两髦，实为我特。之死矢靡慝，母也天只！不谅人只！

全诗的意思是：那双水上漂荡的柏木船，它正划向河中间，船中有个两边披着散发的青年，就是我理想中的伴侣。我的主意到死也不变，我的妈呀！我的天！人家的心思你就看不见。那双水上漂荡的柏木舟，它靠在河的那边，划船的那个梳着长发的青年，才是我真正的匹配的人。我对他到死也不会变心。我的妈呀！我的天！人家的心思你都看不见。

后人用“至死靡他”比喻男女之间真挚的感情。

中流击楫

典出《晋书·祖逖传》：仍将本流徙部曲百余家渡江，中流击楫而誓曰：“祖逖不能清中原而复济者，有如大江！”辞色壮烈，众皆慨叹。

东晋时候的祖逖，是一位仗义豪侠、忧国忧民的志士，他看到国家失去了北部大面积的地盘，非常痛心。他决心为国家收复失地，重振国威。

晋元帝司马睿在建康定都的时候，祖逖在京口召集了一些勇士，准备北上抗击外族的侵略。他上书晋元帝说：

“晋朝所以遭到侵略，是由于藩王争权，自相诛灭，才给敌人造成机会。今天百姓在外族的欺压之下，都有奋击之志、报国之心，您如果能够发威命将，让我做统主，则各方豪杰都会投奔而来，敌兵去除，国耻可雪……”

皇帝答应了祖逖的请求，命他为奋威将军、豫州刺史，拨给他一千人的给养、三千匹布，让他自己去招募兵卒、制造兵器。

祖逖准备停当，带领部下一百多家，渡江北上。船离开南岸，渐渐划到大江中流，大家回望南土，心中都很激动。祖逖望着江心的浪花，手敲着船桨，向众人发誓说：

“我祖逖如果不能肃清中原的贼寇，收复失地，就如江水一样，一去不回！”

“对，我们都跟着你，不打败敌人决不回家！”船上的勇士们都鼓足了勇气，发誓报效国家。

祖逖过江之后，先造兵器，后招兵马，成千成万的人闻讯而来，很快就组成了一支强大的军队。

祖逖勇敢善战，很会用兵，加上他对待部下、士卒体贴入微、关怀备至，士卒愿意为他出生入死、舍命战斗。所以接连打了几个胜仗，收复不少城池，不久黄河以南又成为晋朝疆土。祖逖对待有功的军士当天就奖赏；对待投降的敌军将士以礼相待；鼓励百姓植桑种地，自己也叫家人、子弟种地务农，上山砍柴；对战死的士卒收尸埋骨，亲自祭奠。他的这些作法深得老百姓拥护。老百姓自发地为祖逖举行庆功大会，称他为“重生父母”有人编出民谣赞颂他：

“幸战遗黎免俘虏，

三辰既郎遇慈父。

玄酒忘劳甘瓠脯，

何以咏恩歌且舞。”

晋元帝听说祖逖屡建功绩，也很高兴，封他为镇西将军。

成语“中流击楫”就是由此而来，后人用它形容忧国忧民的慷慨之情。

抱头鼠窜

典出《汉书·蒯通传》：始常山王（张耳）、成安君

(陈余)故相与为刎颈之交，及争张黡、陈释之事，常山王(张耳)奉(捧)头鼠窜，以归汉王(刘邦)。

新亭对泣

楚汉相争时，曾跟随项羽的韩信看到项羽有勇无谋，又不善于用人，便投归了刘邦。在萧何的极力推荐下，刘邦重用了韩信。在刘邦和项羽于荥阳、成皋间对峙时，韩信率军抄了项羽的后路，破赵取齐，占据了黄河下游之地。后被刘邦封为齐王。

这时，有一个叫蒯通(蒯通本名叫蒯彻，因和汉武帝刘彻重了个“彻”字，所以后人追书为蒯通)的人来见韩信。他对韩信说：“楚汉相争已经几年了，可仍然这么僵持着，他们之间究竟谁胜谁败，大王有举足轻重的作用。你不如谁也不帮，谁也不靠，以齐地为根据地，和他们三分天下，然后再图谋统一全国。”韩信听罢，说：“汉王待我这么好，我怎么能忍心背叛他呢?”蒯通说：“当初常山王张耳和陈余是割了脑袋都不变心的好朋友，可是张耳在被迫无奈的情况下，抱头鼠窜，归了汉王，并借汉王之兵消灭了陈余。现在大王和汉王的交情不见得比张耳和陈余的交情深。古人说得好：‘飞鸟尽，良弓藏；狡兔死，走狗烹。’大王的功劳太大，汉王没法赏您；大王的威名只能叫汉王害怕。我真替大王担心啊!”虽经蒯通反复劝说，韩信始不肯背叛汉王。

后来，刘邦消灭了项羽，平定了天下。但韩信却以谋反罪被吕后诛杀。临死前，韩信感叹地说：“我悔不该当初不听蒯通的劝告，以致死在妇人小子之手。”

“抱头鼠窜”这句成语原来是形容常山王张耳窘迫逃亡，如老鼠逃窜的情形。

后人用这个典故比喻敌人逃跑时的狼狈相。

暴跳如雷

典出《孔雀东南飞》：我有亲父兄，性情暴如雷，恐不任我意，逆以煎我怀。

刘兰芝十七岁那年嫁给焦仲卿为妻。他到焦家上侍公婆，下抚弟妹，殷勤周到。可恨她婆婆性情很古怪，苛刻凶狠。她规定刘兰芝每天除做家务事外，还要织绢五匹。刘兰芝起早摸黑、累死累活地做完了这一切，她婆婆还不满意，硬要把她赶回娘家去。刘兰芝与焦仲卿感情深厚，不忍分离。焦仲卿向他母亲跪拜求情，要求留下兰芝，但焦母十分专横，非要焦仲卿休弃刘兰芝另娶不可。

在焦母的威逼下，焦仲卿不得已，只好对刘兰芝说："我本来舍不得您，但母亲威逼太甚，我实在无法，只得望您回家暂避一下，过些日子我再来接您。"

两人含泪相叙，难舍难分。临别之时，夫妻俩都坚决表示：男不再婚，女不再嫁，彼此从一而终。可兰芝想：回家之后，母亲面前倒还好说，哥哥那关就难过了，因此她对焦仲卿说："我有亲父兄，性情暴如雷，恐不任我意，逆以煎我怀。"（意思是：我哥哥性情暴躁蛮横，回家之后，恐怕由不得我，很可能不能使我如愿。）

事情果如刘兰芝所料：回家之后，她哥哥立即逼她改嫁；兰芝不从，就在一个晚上投水自尽了。焦仲卿得到兰芝自尽的噩耗之后，悲恸欲绝，也于当天晚上在花园中自缢而死了。

后来"性情暴如雷"中的"暴如雷"被说成"暴跳如雷"。

后人用"暴跳如雷"表示急怒得蹦跳呼喊，好象打雷一般猛烈，用来形容人又急又怒的样子。一般含贬义。

比干宰相

典出《封神演义》第二十、二十七回。

比干，相传为殷纣王的叔父，官至宰才目。

一次，狐狸精妲己邀请狐群变作神仙赴宴，结果露出了狐狸尾巴，被比干宰相识破。比干与武成王黄飞虎，烧死了洞穴里的狐狸，还将尚未烧焦的狐狸皮制一件袍献给纣王。想以此教训妲己，使妖精不敢再捣乱；同时让纣王悔悟，不再迷恋妖精。妲己见到狐狸皮袄是用她子孙的皮制作的，不觉刀剜肺腑，火燎肝肠，暗骂："比干老贼！你烧死我的子孙不算，还来欺侮我。我不把你剜心出来，也没脸当王后了！"于是，她伙同九头雉鸡精胡喜媚，设计陷害比干宰相。

这天，纣王正在左拥妲己，右抱喜媚，饮酒作乐。妲己突然大叫一声，跌倒在地，口喷血水，闭目不言，面皮俱紫。喜媚说她这种心病，只有用一片玲珑心煎汤吃下去才能治好；并说朝中只有比干宰相有玲珑七窍之心。荒唐透顶的纣王连忙把比干召来。

比干自知此去凶多吉少。他按照姜子牙的吩咐，做了如此这般的准备，然后穿上朝服，上朝面见纣王，怒责昏君听信妖言，陷害忠良。无奈纣王昏迷不悟，不听劝谏，传令武士拿下比干，取出心来。比干怒不可遏，接过利剑，自往脐中刺入，将腹剖开，掏出心来，往下一掷，回身跑出午门，上马往北门去了。

大约走了几里路，路旁有个妇女手提筐篮，叫卖"无心菜"。比干忽然听见，勒马问她："人若是无心，会怎么样？"妇女答："人若无心，即死。"比干听她这么一说，大叫一声，撞下马来，一腔热血溅尘埃，当即死亡。

"比干宰相"，就是根据这个故事而来的。形容心神不定，失魂落魄的样子。

不卑不亢

典出《红楼梦》第五十六回：他这远愁近虑，不抗（亢）不卑，他们奶奶就不是和咱们好，听他这一番话，也必要自愧的变好了。

一天吃过早饭，平儿到探春处聊天。平儿、探春和宝钗三人取笑了一回，便谈起正经事来。

探春认为她们住的园子应该改变一下管理办法，应从园子里的老妈妈中拣出几个老成本分，懂得园圃的人收拾料理。这样，一则有专人培养花木，园子会一年好似一年；二则不致白白糟蹋东西；三则老妈妈也可得点额外收益，不枉成年在园中辛苦；四则可以节省勤杂人员的开支。用这个办法可把园子管理得更好。宝钗点头笑道："善哉……"李纨也说："好主意……"平儿说："这件事须得姑娘说出来。我们奶奶虽有此心，未必好出口。"宝钗听了，忙走过来，摸摸平儿的脸笑道："你张开嘴，我瞧瞧你的牙齿舌头是什么做的？从早起来到这会子，你说了这些话，一套一个样子：也不奉承三姑娘，也不说你们奶奶才短想不到；三姑娘说一套话出来，你就有一套话回奉，总是三姑娘想得到的，你们奶奶也想到了，只是必有个不可办的原故——这会子又是因姑娘们住的园子，不好因省钱令人去监管……他这远愁近虑，不抗（亢）不卑，他们奶奶就不是和咱们好，听他这一番话，也必要自愧的变好了。”

后人用“不亢不卑”来表示既不高傲，也不自卑。“不亢不卑”也作“不卑不亢”。

步步金莲

南唐最后一个皇帝李煜对治理国家一窍不通，但却是个风流才子，琴棋书画、诗词歌赋无所不通。他犹其擅长的是填词和音乐。他的词在中国诗歌史上独树一帜，自成一派，有很高的研究价值。

有一天，李煜来到秦淮河上游玩，小船在轻风明月下慢慢荡漾，两旁是灯红酒绿的歌舞场。忽然，一阵歌声随风飘来，清脆婉转，娓娓动听。仔细一听，他才听出唱的正是自己写的《望江南》，于是便命随从驾船循声寻找那歌女。找到一家歌舞伎院，一看，唱歌的是一个妙龄少女，长得亭亭玉立，花容月貌。李煜一见她，就非常喜欢，又看她能歌善舞，就把她带回宫去。此后，常常是李煜填词作曲，她依照词曲载歌载舞，两人相得甚欢。

这年秋天，风和日丽，李煜带着她在一片盛开的荷花池赏景。只见池内莲花朵朵，绿叶婆娑，美丽极了。李煜看得出了神，随口说，如是有人脚如红菱，能在这摇摆的荷花上歌舞，真有如仙女一样了！”她听了，心中一动。回到宫中，她就用长长的绸带把自己的脚缠成红菱形状，然后命人用金箔打造了八朵荷花。

一切都准备好了，她就请李煜前来饮酒。酒席宴上，她命人推上八朵金荷花，自己脱去鞋子，露出缠得尖尖的脚，在荷花上轻歌缦舞起来。她时而长舒广袖，时而轻盈跳跃，细腰袅袅，舞姿翩翩。李煜在一旁看得心旷神怡，不觉叹道：“真是步步金莲啊！”

从此，人们常把女人的脚叫“金莲”。据说也是从那个时候起，中国的女人以缠足为美，而且缠得越小越尖越好。一个荒唐的君王的一句话，给中国妇女带来了一千多年的痛苦！

侧目而视

典出《战国策·秦策一》：妻侧目而视，倾耳而听。

战国时代，苏秦到秦国游说，劝秦惠王实行连横的策略。苏秦的意见没被秦王采纳，做不了官，只好垂头丧气地回到洛阳老家。当他走进家门的时候，家里的人都瞧不起他。妻子坐在织布机上不理睬他。嫂嫂不给他做饭，就连他的父母也不愿同他讲话。

过了一年，苏秦又到赵国去见赵王，献合纵之策。苏秦主张赵国联合齐、楚、燕、韩、魏等国共同对付日益强大的秦国。赵王认为他这个策略很好，便封他为武安君，拜他做相国。

苏秦做了大官之后，路过洛阳，他父母得到消息，到城外三十里的地方去迎接他。他的妻子吓得恭恭敬敬地站在一边，斜着眼看苏秦，侧着耳朵听苏秦讲话，不敢正视苏秦。他的嫂嫂则跪拜在地，十分谦恭地迎接苏秦。苏秦见嫂嫂这样谦恭，就笑着说："嫂嫂为什么以前那样怠慢我，今天却对我如此恭敬呢？"

后人用“侧目而视”来形容不敢正视，以表示敬畏的情态。也用来表示斜着眼睛看，形容愤怒的样子。

察言观色

典出《论语·颜渊》：质直而好义，察言而观色，虑以下人。在邦必达，在家必达。

孔子有个学生名叫子张，有一次他去问孔子：“读书人要怎样才能做到‘达’?”孔子觉得子张的询问很不明确，就反问道：“你所谓的‘达’是什么意思?”子张说：“做官的时候要有名望，居家的也一定要有名望。”孔子听了，摇摇头说：“这个叫‘闻’，不叫‘达’。什么叫‘达’呢?质直而好义，察言而观色，虑以下人。在邦必达，在家必达。”（意思是：品质好，遇事讲道理，又善于辨别人的言语，观察别人的脸色；在思想上〔遇事〕愿意对别人让步。这种人，做官的时候就事事行得通，居家的时候也一定事事行得通。）子张听了，点点头说：“老师，我懂了。”

后人用“察言观色”（察：仔细看）表示仔细观察别

人的言语表情，见机行事。

叱咤风云

典出唐·骆宾王《为徐敬业讨武曌檄》：敬业，皇唐旧臣，公侯冢子，奉先君之成业，荷本朝之厚恩。宋微子之兴悲，良有以也，袁君山（应作“桓君山”）之流涕，岂徒然哉？是用气愤风云，志安社稷，因天下之失

叱咤风云

望，顺宇内之推心，爰举义旗，以清妖孽。南连百越，北尽三河，铁骑成群，玉轴相接。海陵红粟，仓储之积靡穷；江浦黄旗，匡复之功何远？班声动而北风起，剑气冲而南斗平。喑呜则山岳崩颓，叱咤则风云变色。以此制敌，何敌不摧？以此图功，何功不克？

骆宾王，与卢照邻、王勃、杨炯诗文齐名，是“初唐四杰”之一。他在政治上很不得志，只担任过武功主簿、侍御史等官职。公元 684 年，武则天废唐中宗（李显）准备自立，大肆杀戮李唐子孙，统治阶级内部矛盾进一步激化，被贬为柳州司马的徐敬业带头起兵反抗。在徐敬业军中任艺文令的骆宾王，便替他起草了讨武曌檄，对武曌的政治面目和私生活都进行了无情的揭露，并把它列为罪状公之于众，而描绘徐敬业一方则大义凛然，气壮山河，充满必胜的信心。

骆宾王写道：“徐敬业是大唐的旧臣，公侯的直系子孙，继承先辈李（徐敬业的祖父，因辅佐唐太宗建立唐朝有功，被赐姓李）的功业，蒙受朝廷厚恩。春秋时，宋微子（名启）朝周，路过殷故都，见一片荒草蓬蒿，触景伤怀，确实有原由；东汉光武帝（刘秀）时，桓谭（字君山）因上书评论时政，遭到贬斥，他痛哭流涕，郁郁而死，难道是平白无故的感伤吗？因此，由于气愤而激起风云，目的在安定国家。趁着天下百姓对武氏的失望情绪，顺应海内民众的意愿，高高地举起义旗，决心清除妖孽。南至百越（越：南方少数民族的总称），北达三河（指汉代所设河南、河东、河内三郡，地域相当于今河南、黄河南北及山西一部），铁骑成群结队，战车首尾相接。海陵（今江苏泰县。汉代吴王刘濞曾置仓积粟于此）的红粟，仓廪的储积，无穷无尽，江浦（属江苏省）一带，黄色的义旗遍布原野，匡复天下的大功，指日可待。马打盘旋，长鸣不已，如同北风卷起；剑光闪闪，直冲云天，与南斗（即斗宿，二十八个星宿之一）相齐。怒气勃发，可使山丘崩摧；气愤呼号，可使风云变色。用这样的军队对付敌人，什么样的敌人不能摧毁；用这样的军队建立功业，什么样的功业不能完成！”徐敬业的讨伐没有成功，被武则天镇压下去了。据说，后来武则天见到骆宾王撰写的这篇檄文时，很赞赏骆宾王的才华。

“叱咤风云”就是从这个故事来的。叱咤：怒斥；呼喝。人们用“叱咤风云”形容声势威力之大。

出水芙蓉

典出南朝，梁·钟嵘《诗品》：谢（灵运）诗如芙蓉出水。

南朝宋时，有一位著名的诗人叫谢灵运，原籍陈郡阳夏（今河南太康），后移籍会稽。他幼时寄养于外，族人都称他为客儿，世称谢客。晋末，谢灵运袭封康乐公，入宋以后，曾任永嘉太守、侍中、临川内史等职。

谢灵运诗才出众，其诗大都描写会稽、永嘉、庐山等地的山水名胜，善于刻画自然景物，开创了我国文学史上的山水诗一派。谢灵运的诗善于铺陈雕琢，某些篇章真实地反映了山川景物的自然美，给人以清新可爱之感。文学批评家钟嵘的《诗品》中说：谢灵运的诗像芙蓉出水一般清新可爱。（芙蓉，是荷花的别称）。

“出水芙蓉”即刚长出水面的荷花。这句成语原比喻诗写得清新。后常用来比喻女性的美丽。

车水马龙

典出《后汉书·明德马皇后纪》：前过濯龙门上，见外家问起居者，车如流水，马如游龙。

意思是说：日前经过濯龙园门外时，见到马后的娘家问安的人极多，门前的车像流水般络绎不绝，马儿连着马儿像游龙那么长。

到了南唐时，最有名的大词人李后主，在他的作品中也有过这样的句子。原来李煜在金陵（今南京）接皇位后，外有强敌（宋朝）压境，内则国库空竭，已是十分危殆。不久，宋朝两度派人强迫李煜赴宋，李煜均加拒绝，后来宋便用武力将金陵攻陷，李煜终成了宋太祖的阶下之囚。在拘禁之中，李煜感到孤独、寂寞、悔恨和凄凉，在这种悲惨的囚徒生活中，他只有晚上在梦中才能忘记白天的处境，在往事的眷恋中陶醉一下。他写了一篇《望江南》的词说：

多少恨，昨夜梦魂中。还似只时游上范，车如流水马如龙。花月正春风。

李煜尝够了亡国之苦，心中有着“多少恨”！过去的生活多么热闹：“车如流水马如龙”，又多么美丽：“花月正春风”，但这一切都只能重温在“梦魂中”！亡国的人那是多么凄凉呀！

后来的人，便把这句话简化为“车水马龙”一句成语，用来形容车马众多，络绎不绝的热闹情况。

垂头丧气

典出唐·韩愈《昌黎先生集·送穷文》：主人于是垂头丧气，上手称谢。烧车上船，延之上座。又见《新唐书·宦者列传》：自见势去，计无所用，垂头丧气。下面故事从《新唐书》。

唐朝末年，由于藩镇割据，中央的政治统治既软弱又腐败。唐昭宗李晔名为皇帝，实际上是个傀儡。当时，割据京城长安周围地区的是军阀李茂贞，割据黄河中下游地区的是军阀朱全忠（即朱温）。由于这两股军阀势力比较强大，影响着朝政，所以朝中臣僚也分成了两派：一派以宦官韩金海为首，站在李茂贞一边；一派以宰相崔胤为首，站在朱全忠一边。

天复元年（公元 901 年），朱全忠为了代唐自立，兵逼长安。李茂贞、韩金海等挟持唐昭宗逃到凤翔（今陕西宝鸡至周至一带）。朱全忠率军继续西进凤翔，李茂贞抵挡不住，连吃败仗，搞得粮尽箭完，连昭宗皇帝也饿肚皮了，只好和朱全忠讲和。这时，韩金海难堪极了，他是依附李茂贞的，又是朝中的宦官，现在，皇帝和李茂贞都要讲和了，他自己见大势已去，又无计可施，只好垂头丧气地等候朱全忠发落。后来，在朱全忠的威逼下，李茂贞交出了唐昭宗，并杀了韩金海等人。

“垂头丧气”即低着脑袋，无精打采。人们常用这句成语形容失意沮丧，萎靡不振的样子。

春风得意

典出唐·孟郊《登科后》诗：昔日龌龊不足夸，今朝旷荡恩无涯。春风得意马蹄急，一日看尽长安花。

唐朝时候，有一位著名的诗人，名叫孟郊，是河南洛阳人。最初在高山隐居，称为“处士”，性情十分耿直，因此很少人和他合得来，只有大诗人韩愈和他一见如故，故后人有“韩孟”之称。他们两人在诗的风格上，也有相近的地方，常常唱和于诗酒之间。

孟郊的遭遇很不如意，这从他的诗里那些特多的怨、伤、愁、病、饥、限……之类的字句可以看出来。他曾两次考进士不第，直至贞元（唐德宗年号）十二年，才考中了进士，那时他差不多已经五十多岁了，穷困的生活磨失了旷达的气度，考中进士以后才开朗起来，他高兴地作了一首《登科后》的绝句，表达他当时愉快的心情。那首诗说：“从前那窘迫的日子是不值得夸耀的，今天我的心情忽然开朗了，才觉得皇恩没有边际。我愉快地骑了马儿奔驰在春风里，一天的时间就将长安的花儿看完了。”

后人用“春风得意”形容考上进士后的得意心情，也用来形容官场腾达或事业顺心洋洋得意的样子。

从容不迫

典出《庄子·秋水》：鱼出游从容，是鱼之乐也。

柳暗花明

战国时，有一位哲学家叫庄周，宋国蒙（今河南商丘县东北）人。他做过蒙地方的漆园吏，因家境贫困，曾借粟于监河侯（官名），但拒绝了楚威王的厚币礼聘。庄周继承和发展了老子“道法自然”的观点，认为“道是无限的”，强调事物的自生自灭，否认有神的主宰。他的思想包含着朴素辩证法因素。庄周著有《庄子》一书。

在《庄子·秋水》中，记载着这样一段有趣的对话：有一天，庄周和他的好友惠施在濠梁之上观鱼。庄周说：“鱼在水里从容不迫地游，这是鱼的快乐啊！”惠施说：“你又不是鱼，怎么知道鱼的呢？”庄周说：“你也不是我，怎么知道我不知道鱼的呢？”惠施说：“我不是你，固然不知道你，但你总不是鱼，不可能知道鱼的快乐是无疑的。”

后人用“从容不迫”形容不慌不忙，非常镇静。

大发雷霆

典出《三国志·吴书·陆逊传》：今不忍小忿而发雷霆之怒。

孙权称帝，国号吴，建都建业（今江苏南京）。当时，曹魏的当权者是魏明帝曹叡。曹叡是个荒淫无度又无真才实学的家伙，曹氏政权已失去了武帝曹操、文帝曹丕时的生气。魏国的辽东太守公孙渊见此情形，便偷偷地跟孙权结成同盟，孙权封他为燕王。但是，辽东和建业相距遥远，公孙渊担心一但被魏国攻打，远水解不了近渴，和孙吴结盟并非上策，于是又背弃盟约，杀了吴国的使臣。

消息传到东吴，孙权大怒，准备马上派大军渡海远征，讨伐公孙渊。名将陆逊见此情形，上书劝阻。陆逊指出：公孙渊凭借着险要的地势，背弃盟约，杀我使臣，实在令人气愤。但现在天下风云变幻，群雄争斗，如果不忍小忿而发雷霆之怒，恐难实现夺取天下的愿望。我听说，要干大事业统一天下的人是不会因小失大的。孙权觉得陆逊的意见很对，便取消了讨伐公孙渊的计划。

后人用“大发雷霆”比喻大发脾气，高声斥责。

大腹便便

典出《后汉书·文苑列传·边韶》：边孝先，腹便便。

东汉汉桓帝时候，有一位教书先生，名叫边韶，字孝先，曾做过临颍侯相、太中大夫，后来迁为北地太守、尚书令。在他教书的那几年，曾发生过一件有趣的故事。

边韶勤奋好学，年轻的时候就已经以文章而知名于世了。他招收几百名学生，尽心尽力地给学生们讲书、批文。不过边韶有一个小毛病，喜欢打瞌睡，因为他身子胖，肚皮有些大，行动不那么敏捷，平时总是懒洋洋的样子，学生们看了常常偷着笑他。

有一天，边韶讲了一阵子书，累了，便朝学生摆摆手：“去吧，背书去吧！他自己把肥胖的身子往后一仰，合衣躺在木床上，一会儿工夫就鼾声大作，呼呼地睡过去了。学生们看到他挺着肚皮睡熟了，几个人凑在一块，给老师编了一段顺口溜儿：

边孝先，腹便便，

懒读书，但欲眠。

学生们一边念，一边哄笑，把先生吵醒了。他听了学生为自己编的顺口溜儿，觉得挺有趣儿，在地上踱了两圈儿，忽然灵机一动，提笔也写了一首顺口溜，自己摇头晃脑地念起来：

边为姓，孝为字。

腹便便，五经笥。

但欲眠，思经事。

寐与周公通梦，

静与孔子同意。

师而可嘲，

出何典记？

他的这首顺口溜儿大意是说：

“我的肚子是大了点，不过里边装的尽是经书。我是爱睡觉，可是我在梦中会见周公。即使有片刻安静的时候，我也念记孔子的教诲哩！你们嘲笑先生，这规矩见于哪家的经典哪？”

学生们听他这一说，都惊得目瞪口呆，想不到先生有这样的才华，出口成章，做顺口溜儿也会教训人！那几位恶作剧的学生，也窘得满面透红，偷偷溜出门外，老实地背书去了。

后人从中概括出“大腹便便”这句成语，用来形容人的肚子大。

便便：肥满的样子。

大腹便便有时也写作便便大腹。

大笑绝缨

典出：《史记·滑稽列传》

大笑绝缨

战国时，楚国派大军攻打齐国。齐王十分焦急，派大臣淳于髡前往赵国请求救兵。出发前，齐王拿出准备献给赵国的礼物，计有黄金百斤，四匹马拉的车十套。淳于髡看了，仰天大笑，笑得浑身发抖，连系帽子的带子都断了。

齐王见他如此，很奇怪，问道："先生笑什么？是不是认为这些礼物太少？"淳于髡说："我哪里敢嫌东西少呢？"齐王很不高兴地追问道："那你为什么笑呢？"淳于髡说："今天我从东方来，路上遇见一个在拜佛求神，请神佛保佑今年的收成。那个人准备的祭品很简单，只有一只猪蹄，一碗淡酒。但我听见他在祝告时希望今年粮食丰收，家里的粮食多得吃用不尽。我见此人献祭的东西那么少，而他向上天乞求的东西又是如此之多，实在可笑。刚才我就想起了这件事，所以才大笑起来。"

齐王听了淳于髡讲的故事，明白了他是在提醒自己既然向赵国请求救兵，送礼时就不能太吝啬。他赶快命人又加添黄金千镒（古代重量单位，合当时的二十两），白璧（平圆形中间有孔的玉）十双、四匹马拉的车十套。

后人用"大笑绝缨"的典故形容为某种可笑的事而大笑、狂笑等。

低首下心

典出唐·韩愈《祭鳄鱼文》：刺史虽驽弱，亦安肯为鳄鱼低首下心为民吏羞，以偷活于此邪？

唐代中叶的大文学家韩愈，曾经因谏迎佛骨，惹恼了唐宪宗，要判他死刑，幸好宰相裴度救了他，宪宗才改判他到潮州去做刺史。他到任之后，便到民间去了解人民的疾苦，他听说鳄鱼聚在恶溪，时常伤害人畜，害得老百姓们不能够安居乐业。于是韩愈写了一篇《祭鳄鱼文》，派部下们带着一头猪和一只羊，投进恶溪的潭水里，让鳄鱼们吃个痛快，然后又限令它们至迟在一个星期的时间，要全部迁到南面的大海里去生活，如果不听从的话，就要挑选精明干练的射手，用犀利有毒的箭把它们全部杀光。

《祭鳄鱼文》中有“刺史虽驽弱，亦安肯为鳄鱼低首下心”。的句子，后来的人就引用“低首下心”这句话，形容附首听命的样子。

冬日可爱

典出《左传·文公七年》：狄侵我西鄙，公使告于晋。赵宣子使因贾季问酆舒，且让之。酆舒问于贾季：

“赵衰、赵盾孰贤？”对曰：“赵衰，冬日之日也；赵盾，夏日之日也。”

杜预注曰：‘冬日可爱，夏日可畏。’

春秋时期，晋国的国君晋襄公死后，太子夷皋应该继承君位，但是夷皋还是在襁褓中的婴儿，无法执政。当时国家又处在困难的局势下，齐国、狄国和楚国的军队正在讨伐它，所以大臣们主张拥立年岁大的公子雍为晋国国君。晋国的卿士中掌握大权的人物是赵盾，他为晋军的中军帅，把持朝政。他向大夫们说：

“公子雍年长，死去的先君宠爱他，他与秦国的关系很亲近，立他为国君晋国会安定的。”

大夫贾季不赞成立公子雍，他主张立公子乐。他说：

“公子乐的母亲受到两个国君的宠爱，立他为国君晋国一定会兴旺。”

赵盾不满地说：“公子乐的母亲在国君妻妾中名列第九，她为两个国君所宠幸，那是淫荡。她的儿子能有什么威望呢？况且公子乐远在陈国，陈国又弱小，晋国发生事变它也无法帮忙。所以不能立公子乐，还是立公子雍为好！”

赵盾决心已定，就派人去秦国迎接公子雍回国，另外又派人去陈国将公子乐杀死。

太子夷皋的母亲听说要立公子雍为国君，又气愤又焦急，她抱着夷皋在朝廷上连哭带号，吵闹着说："先君有什么罪！他的合法继承人有什么罪？为什么丢开嫡子不立，反而到外边去求国君？我看你们怎么安排这个孩子！"她又跑到赵盾家里，向他叩头，哀求说：

"先君将这个孩子嘱托给你了，如果他成材，我不忘你的恩情。如果他不成材，我怨恨你一辈子！"

赵盾害怕夷皋母亲闹出事端，又担心其他几个公子出来反对，只得改变主意，决定立夷皋为晋国国君。为了平息这场争端，他马上派军队迎战秦国的军队，因为秦国已经派兵护送公子雍回晋国来了。两国军队在令狐地方交战，秦国遭到失败，怆惶退回国去。

晋国的大夫贾季因为赵盾杀死公子乐，对赵盾非常仇恨。不久狄国军队侵犯鲁国，鲁国国君鲁文公派使者向晋国求援。赵盾叫贾季去狄国责问狄国的相国酆舒。酆舒问贾季：

"你们晋国现在的赵盾与先前的赵衰相比，哪个好一些？"

赵衰原是晋国的卿士，掌握国家的军政大权，他死后赵盾才继任他的职位。因为贾季对赵盾很仇视，所以回答酆舒说：

"赵衰是冬天的太阳，赵盾是夏天的太阳！"

酆舒明白了："赵盾原来像夏天的烈日那样严酷啊！"

成语“冬日可爱”即由此而来，后人用它比喻人的慈祥可亲。而“夏日可畏”则比喻待人严厉、狠毒。

峨冠博带

典出《三国演义》第三十七回：门外有一先生，峨冠博带，道貌非常，特来相探。

曹操常有取荆州之意，特差曹仁、李典并降将吕旷、吕翔等领兵三万，屯樊城，虎视荆州、襄阳。吕翔对曹仁说，今刘备屯兵新野，招兵买马，应早除去。曹仁觉得此话有理，便派二吕前去攻取新野。在战斗中，吕旷、吕翔分别被赵云、张飞刺死，其余众军士多被擒获。曹仁得报后大怒，遂起本部兵马，意欲踏平新野报仇雪恨。曹仁在与蜀兵作战中，惨遭失败，不但未能踏平新野，自家的樊城反而被刘备占领了。曹仁折了好些人马，无奈，只得星夜投奔许昌。他在路上打听到刘备军中因有单福作军师，为他设谋定计，才得以连战连胜。

曹仁回许昌见到曹操，报知此事。曹操问道：“单福何人也?”谋士程昱说，单福即颍川徐庶，字元直。曹操听了十分仰慕徐庶的才干。程昱洞知曹操心意，便献策道："徐庶为人至孝，丞相可使人赚其母至许昌，令其母写封书信，那徐庶一见母信，是一定会来许昌的。"

曹操依计而行。可徐庶的母亲不但不愿写信召儿回来，反而大骂曹操。程昱见此计不能得逞，便模拟徐母的手迹，写信召徐庶。徐庶得信后，信以为真，于是辞别刘备，赶至许昌。临别时，徐庶把才干比他高的孔明推荐给刘备。刘备听了徐庶的介绍，十分仰慕孔明的的才干，于是准备礼物，偕同关羽、张飞前去隆中请诸葛亮。正在准备礼物之时，忽有人报："门外有一先生，峨冠博带，道貌非常，特来相探。"刘备心想此人莫非孔明么？随后才知来者不是孔明而是司马徽。司马徽得知徐庶走马荐诸葛之事后，仰天大笑曰："卧龙虽得其主，不得其时，惜哉！"说罢，飘然而去。

次日，刘备便同关、张并从人等到隆中去拜请诸葛亮。

后人用"峨冠博带"（高帽阔带）比喻穿着礼服。

鹅行鸭步

典出《水浒》第三十二回：军卒见轿夫走得快，便说道："你两个闲常在镇上抬轿时，只是鹅行鸭步，如今却怎地这等走的快？"那两个轿夫说："本是走不动，背后好像有人在打我们一样，所以就跑得快了。"

鹅行鸭步

腊月初，山东清风寨知寨刘高的夫人坐着一乘大轿，身边带着七八名军卒，前去化纸上坟。一行人路过清风山时，被占山的王矮虎赶散军卒，将那知寨夫人捉上山去。此时，宋江正在清风山上，得知此事便来说情，要王矮虎放走刘高夫人。清风山头领燕顺、郑天寿碍于宋江的情面，不管王矮虎愿意不愿意，喝令轿夫抬下山去。那妇人听了这话，插烛也似地拜谢宋江，一口一声叫道："谢大王!"两轿夫心内害怕，抬着那妇人飞也似地奔下山去。

当那妇人被捉后，几个被赶散军卒没命地跑回去报告知寨刘高。刘高听了大发雷霆，怒骂那些军卒，并用大棍狠打那些军卒，还声嘶力竭地吼道："如果不把夫人夺回来，统统下牢问罪。"那几个军卒无可奈何，只得央求本寨军兵七八十人，各执枪棒，尽力去夺。不想来到半路，正撞着两个轿夫抬着知寨夫人飞快地来了。众军卒接着了夫人，问道："你们怎地能够下山?"那妇人撒谎道："他们见我说出是刘知寨夫人，吓得慌忙下拜，赶快叫轿夫送我下山。"众军卒簇拥着轿子便回。军卒见轿夫走得快，便说道："你两个闲常在镇上抬轿时，只是鹅行鸭步，如今却怎地这等走的快?"那两个轿夫说："本是走不动，背后好象有人在打我们一样，所以就跑得'陕了。"

后人用"鹅行鸭步"(像鹅和鸭子走路)来形容行走迟缓，摇摇摆摆。

返老还童

典出晋·葛洪《神仙传》。

汉朝时候，有一位淮南王刘安，他虽然居高官，封王爵，但是还有一种非分的妄想，常常希望自己永远不死。听说有一种仙人，是永远长生的，刘安便千方百计去研究和祈求做成神仙的方法。一天，有八个老人去访刘安，自称是神仙。刘安的门人，一向是趾高气扬，见这八位老人，都是须眉皆白，老态龙钟，门人便拒绝通报，并说道："人家说神仙是不会老、不会死、永远是青春的，你们却老得这样可怜，可见不是神仙，我看是骗子也说不定呢！"八位老人听说，都哈哈地笑起来，说："你不高兴我们老吗？这容易得很，我们是可以马上返老返童，变成小孩子的。"说罢，八个老人皆转过脸来，不消一刻，都变做八个小孩子了，门人大惊，认为真是神仙，便给他们去通报。这便是"返老还童"一语的来历。

后人常用"返老还童"形容由衰老恢复青春。

蜂目豺声

典出《左传·文公元年》：蜂目而豺声，忍人也。又见《晋书·王敦传》：洗马潘滔见敦而目之曰：处仲（王敦的字）蜂目已露，但豺声未振；若不噬人，亦当为人所噬。

春秋时，楚成王准备立他的大儿子商臣为太子，征求令尹（掌军政大权的最高官员）子上的意见。子上说："大王现在还年轻，爱子之情并不专一，这么早就立商臣为太子，将来有了小儿子，爱子之心转移了，再将商臣废掉，容易发生变乱。就我们楚国来说，历代继承王位的都是君王的小儿子。况且商臣的眼睛长得像蜂目一样，说话时声音像狼叫一般难听，这种人是最凶残的，如果立他为太子，可能要出大乱子，还是不立为好。"

楚王没有听从子上的劝告，立了商臣为太子。后来，楚王又爱上了小儿子职，想废掉商臣立子职为太子。商臣和他的老师潘崇合谋领兵作乱，逼死了楚成王，自立为王，就是后来的楚穆王。

后人用“蜂目豺声”的这个典故比喻恶人的声音容貌。

龟支床足

典出《史记·龟策列传》：南方老人用龟支床足，行二十余岁，老人死，移床，龟尚生不死。

相传在古代，南方有位老人用活的乌龟垫床脚。过了 20 多年，老人死了，家里人移动床的时候，用来垫床脚的乌龟居然还活着。

“龟支床足”就是从这个故事来的。人们认为乌龟能行气导引，对人长寿有利。所以，后来用“龟支床足”比喻人虽老但身体还健康。

汗流浃背

典出《后汉书·伏皇后纪》：操（曹操）出顾左右，汗流浃背。

东汉末年，由于汉献帝软弱无能，曹操掌握了军政大权。建安元年（公元 196 年），曹操把汉献帝迎往许昌，自己当了大将军及丞相，常常“挟天子以令诸侯”。当时，有个叫赵彦的议郎，是汉献帝亲信的谋臣，常给献帝出谋划策，因而遭到了曹操的忌恨，后来竟把赵彦杀了。献帝对曹操的这一暴行很气愤。有一次，曹操去朝见献帝，献帝警告他说：“你如果愿意辅助我，就忠厚一点，如果不愿意，就离开我。”曹操听了以后心里十分惊疑，曹操从献帝那里走出来，再回头看看，汗水都湿透了脊背，此后很久没有上朝。

“汗流浃背”原来形容万分恐惧或惭愧。现在常用来形容满身大汗。

轰轰烈烈

典出宋·文天祥《沁园春·至元间留燕山作》：人生翕云亡，好烈烈轰轰做一场。

“轰轰烈烈”原来是由“轰轰”和“烈烈”两个词组成的。“轰轰”形容车马众多之声，也形容各种爆发的巨响，有声势浩大的意思。晋朝大学问家左思在他著名的《三都赋》之一的《蜀都赋》中，曾有“车马雷骇，轰轰阗阗”的句子，这正是“轰轰”这个词的本义，意思是：车马众多，声震如雷。阗阗：指很多人行路的声音：车声、雷声、崩裂声；总之是声音盛大的意思。“烈烈”：一般用以形容猛火燃炽、火焰旺盛、火光灿烂的样子。早在《诗经·商颂·长发》篇中便有“如火烈烈”的句子。

“轰轰”、“烈烈”两个词之所以能联用在一起，不是偶然的；因为“轰轰”和“烈烈”都带有盛大、壮丽和威武的意思。宋朝文天祥在为唐代骂贼不屈而死的忠臣张巡庙所题的“沁园春”词中，有“骂贼张巡，同心许远，皆得声名万古香。后来者，无二公之节，百炼之钢。人生翕云亡，好烈烈轰轰做一场。使当时卖国，甘心降虏，受人唾骂，安得留芳？……”在这首词中，“烈烈轰轰”是文天祥对于张巡（以及许远）的威武不屈的正气的歌颂，也是文天祥自己的刚正光明、烈火似的民族情操的流露。

后人用“轰轰烈烈”形容声势浩大，气象雄伟。

弱不胜衣

典出《红楼梦》第三回：身体面貌虽弱不胜衣，却有一段风流姿态。

黛玉的母亲去世以后，贾母念她孤苦伶仃，便把她接进京来，和她一起生活。

黛玉来到外祖母这儿，刚进房门，只见两个人扶着一位鬓发如银的老母迎来，黛玉知是外祖母了，正想下拜，早被外祖母抱着，搂入怀中，“心肝儿肉”地叫着大哭了起来；在场侍立的人，没有一个不跟着流泪的，黛玉也哭个不休。经众人慢慢劝解，黛玉才得拜见外祖母。

众人见黛玉年纪虽小，举止言谈却不俗；身体面貌虽弱不胜衣，却有一段风流姿态。众人见她体弱，知她有不足之症，便问："常服何药？为何不治好了？"黛玉道："我自来如此。从会吃饭时便吃药，到如今了，经过多少名医，总未见效，……如今还是吃人参养荣丸。"贾母听了便说："这正好，我这里正配丸药呢；叫他们多配一料就是了。"

故事中的"弱不胜衣"是形容黛玉瘦弱得似乎连衣服都承受不起。

后人用"弱不胜衣"来泛指身体虚弱。这是一种夸张的说法。

挥汗如雨

典出《战国策·齐第一》：临淄之途，车毂击，人肩摩，连衽成帷，举袂成幕，挥汗成雨。

《晏子春秋·杂下》：张袂成荫，挥汗成雨，比肩继踵。

春秋时代有个人名叫晏子，是齐国的相国。他很有

挥汗如雨

才干，能言善辩，聪敏过人。

有一次，齐王派晏子出使楚国。因他是一个矮个儿，楚人想戏弄他，便在大门旁边另开了一个小门，让晏子从小门里进出。晏子见状偏不进去。他说："出使狗国的人，才从狗洞进出；今天，我是到你们楚国来，不应该从这道门进出。"楚国人无话可说，只好让他从大门进去。

晏子见到了楚王，楚王又想戏弄他，便问："齐国没有人吗？"晏子回答说："临淄三百闾那里的人们'张袂成荫，挥汗成雨，比肩继踵’（意思是：他们挥一下衣袖，就会使大地成荫；他们挥一下额上的汗，就像天下雨一样；一到街上，人们就肩碰着肩，脚跟着脚），为什么没有人呢?”楚王说：“既然如此，为什么要派你来当使者呢?”晏子严肃地回答说：“我们齐国派使者的原则是：按其好坏，各有所用。好的使者就派往好的国家，不好的使者就派往不好的国家。我是最不好的使者，就派到你们楚国来了。”楚王听了感到哭笑不得。尽管如此，他还是想再戏弄晏子一次。

有一天，楚王大办筵席，招待晏子。等他喝酒喝得快醉了的时候，有两个差役绑着一个人从楚王面前走过。楚王故意问道：“绑着的人是干什么的?”那差役故意大声说：“齐国人，做贼的。”楚王也斜着眼睛看了晏子一眼说：“齐国人原来惯于偷东西吗?”晏子严肃而郑重地说：“我曾经听说：‘橘子生在淮南是橘子，生在淮北就变为枳了。叶子虽很相似，但味道却很不相同。其所以如此，那是因为水土不同的缘故。’这个人生在齐国不偷东西，到了楚国就偷东西，这正是楚国的水土使他偷东西的嘛。”楚王听了晏子的回答，不知如何对待才是，只得苦笑着自言自语地低声说：“圣人是不能同他开玩笑的，我算自讨没趣了。”

后人用“挥汗如雨”来形容天气太热，流汗甚多。

魂飞魄散

典出《元曲选·百花亭》：可正是船到江心补漏迟，只看我魄散魂飞。我则索向前来陪着笑颜卖查梨。

北宋时河南洛阳有个贺妈妈，她生了个女儿名叫贺怜怜。怜怜成人之后，长得俊秀，聪敏过人。

有年清明时节，母女俩出外踏青，在百花亭与汴梁才子王涣邂逅。两人相遇，一见倾心，就订为婚姻。

不久，王涣来到贺家与贺怜怜结为亲眷。常言道：久住令人贱，贫来亲也疏。贺妈妈见王涣久住家中，又是一个穷秀才，便把王涣驱逐出门，并将其女怜怜另嫁给种师道手下一个军需官高常彬。从此，贺怜怜被高常彬关在承天寺内，不得与王涣相见。王涣与怜怜情意缠绵，怎忍分离！王涣为了见到怜怜，只得扮做卖查梨的混进承天寺。两人相见，倾诉衷肠，谈得格外亲热。正在这时，高常彬回来了，丫环连忙报知怜怜。王涣听说高常彬回来了，不觉大吃一惊道："是得手忙脚乱紧收拾，意急心慌没整理。"高常彬闻声则问："谁人在此，好无礼呀!”王涣心想:“可正是船到江心补漏迟,只看我魄散魂飞。我则索向前来陪着笑颜卖查梨。”他打定主意,连忙高声叫道:“卖查梨啊!”高常彬醉意蒙地吆喝道:“滚出去!老子不买查梨条。”

高常彬因喝醉了酒,没有注意到王涣便休息去了。怜怜趁机给了王涣盘缠,叫他往延安府投托经略麾下,建立功勋,以遂平生之志。王涣连忙向怜怜道谢,并说:“决不辜负所望。”

王涣到了延安,受到了征马步禁军都元帅种师道的赏识,并立了战功。他依照怜怜的临别之言,上告高常彬盗用官钱,强取民妻。种师道立即把高常彬捉拿归案,把怜怜判归了王涣,使其夫妇团圆。

后人把“魄散魂飞”说成“魂飞魄散”,用来形容惊恐万状,不知如何是好。有时也形容受到极大诱惑而不能自持。

埔间乞余

典出《孟子·离娄下》。

战国时，有一个齐国人，家里很穷，可是他娶了一妻一妾，还经常在外面喝得醉醺醺的。妻妾问他上哪儿去了，他今天说某富人请他，明天说某贵人请他。

时间一长，妻妾都有点怀疑：丈夫总是说富贵人请他，可怎么没见一个阔绰的客人上门来找他呢？为弄清真相，她们决定跟着丈夫看个究竟。

有一天，一大早丈夫就出去了。他的妻子尾随在后面。走了好长时间，只见丈夫往一处坟地走去。在那里，他向人乞讨一些祭奠用的酒菜，吃完抹抹嘴又向另一处坟地走去。

妻子见到了这种情景非常伤心。回到家里，把丈夫的丑行告诉了妾。两人心想，丈夫是终身的依靠，摊了这么个丈夫，真倒楣透了。想到这里，相对哭泣起来。正在这时，丈夫回来了。他不知道她们为何伤心，抹抹刚吃完酒菜的油嘴，呵叱妻妾说：“你们哭什么？有我这样的丈夫，你们难道还不满意吗？”

后人用“墦间乞余”形容打肿脸充胖子的无耻作风，讽刺那些追求富贵利禄的人，一面乞食，一面洋洋得意，而且瞧不起比自己地位低的人。

金刚怒目

典出《太平广记》卷一七四引《谈薮》：金刚何为怒目？菩萨何为低眉？金刚怒目，所以降伏四魔；菩萨低眉，所以慈悲六道。

隋朝的吏部侍郎薛道衡，喜好游历名胜古迹。有一次，他去钟山游览，但见群峰山岩，虎踞龙盘，气势雄伟。薛道衡观了山，赏了景，又到了古寺参观。当他走到开善寺外面时，只见浓荫掩映，寺壁辉煌。进入寺内，金刚、菩萨跃入眼帘：有的低眉，有的怒目，千种姿态，万种神情。薛道衡潜心观赏，越看越觉有趣，越看越想弄清究竟。他走近一个小和尚身旁问道："金刚何为怒目？菩萨何为低眉？"（意思是：金刚为什么怒目而视？菩萨为什么低着眉头？）小和尚毫不迟疑地回答道："金刚之所以怒目而视，是为了使魔鬼降伏；菩萨之所以低着眉头，是为了对众生世界显其慈悲。"薛道衡听了感到有些失望，默然而去。

后人用"金刚怒目"来形容面目威猛可畏。

惊心动魄

典出晋·王嘉《拾遗记·周灵王》：窃窥者莫不动心惊魂，谓之神人。又见南朝·梁·钟嵘《诗品》卷上：文温以丽，意悲而远，惊心动魄，可谓几乎一字千金。

越国想灭吴国，便搜集了天下的奇珍异宝、珍馐美味献给吴王，又把江南万户百姓送到吴国去当仆人，同时还把西施、郑旦两位美人献给吴王。吴王把这两个美人安置在椒房之内。两个美人当窗并坐，对镜理装之时，窃窥者莫不动心惊魂，谓之神人。（意思是：凡是偷看西施、郑旦的人，没有一个不为之动心，不为之神魂颠倒，都称两个美人是神仙。）至于吴王，他全被这两个美女迷住了，整天和她们一起作乐，不管国家大事。直到越国军队攻入吴国，吴王才带着西施和郑旦狼狈逃跑。

这里的“动心惊魂”是形容西施、郑旦美丽异常，诱人极深，使人神魂为之震动。钟嵘在《诗品》中则把“动心惊魂”说成“惊心动魄”，用来形容文字之美，动人心弦。如：惊心动魄，可谓几乎一字千金。

后人用“惊心动魄”来形容感受很深，震动很大。

举袂成幕

典出《战国策·齐策一》：苏秦为赵合纵，说齐宣王曰：“齐南有太山，东有琅砑，西有清河，北有渤海，此所谓四塞之国也。齐地方二千里，带甲数十万，粟如丘山。齐车之良，五家之兵，疾如锥矢，战如雷电，解如风雨，即有军役，未尝倍太山、绝清河、涉渤海也。临淄之中七万户，臣窃度之，不下户三男子，三七二十一万，不待发于远县，而临淄之卒，固以二十一万矣。临淄甚富有而实，其民无不吹竽、鼓瑟、击筑、弹琴、斗鸡、走犬、六博、蹴鞠者；临淄之途，车毂击，人肩摩，连衽成帷，举袂成幕，挥汗成雨；家敦而富，志高而扬。夫以大王之贤与齐之强，天下不能当，今乃西面事秦，窃为大王羞之。”

战国时期，洛阳有一个能说会道的人，名叫苏秦。当初，他劝说秦惠王吞并天下，其意见没有被采纳。后来，他游说燕、赵、韩、魏、齐、楚六国，联合起来对抗秦国，即所谓“合纵”。苏秦身挂六国相印，称为纵约之长，很是神气。

有一次，苏秦受赵国之托，劝说齐国与赵国联合起来。他对齐宣王说：“齐国南面有泰山，东面有琅砑山，西面有济水，北面有渤海，这就是人们所说的四面都有险阻的国家。齐国的土地方圆2000里，披甲的士兵几十万，粮草堆积如山。齐国有精良的战车，又得到五国军队的支持，军队行动起来像锥矢一样锐不可当，打起仗来如雷电一般猛烈有力，军队后撤如风雨一样神速迅疾。即使敌军入侵，也不可能跨过泰山穿过

吴牛喘月

济水，横渡渤海。齐国都城临淄有 7 万户人家，我粗略计算，每户不少于 3 个男子，三七二十一，共有 21 万丁男。不用征召远县的兵丁，仅临淄的士卒，已达 21 万了。临淄这个地方殷实富有，这里的民众都会吹竽、鼓瑟、击筑、弹琴、斗鸡、赛狗、下棋、踢球。通往临淄的道路上，车辆很多，互相碰撞；人流如潮，人肩互相摩擦，如果把人们的衣襟连结起来可以构成帷幔；人们举起衣袖可以形成帐幕；人们挥一把汗，如同下雨一般。可以说家家富足，人人志气高扬。凭大王的贤明和齐国的强盛，天下诸侯都不敢与之对抗。如今你却要向西而拜，侍奉秦国，我替大王感到羞愧。”

“举袂成幕”就是从这个故事来的。它的意思是说，人们举起衣袖可以组成帐幕。用来比喻人多。

“连衽成帷”也是从这个故事来的。它的意思是说，人们连起衣襟可以组成帷幔。用来比喻人多。

乐不可支

典出《后汉书·张堪列传》：捕击奸滑，赏罚必信，吏民皆乐用。匈奴皆乐为用。匈奴尝以万骑入渔阳，堪率数千骑奔击，大破之，郡界以静。乃于狐奴开稻田八千余顷，劝民耕种，以致殷富。百姓歌曰："桑无附枝，麦穗两歧。张君为政，乐不可支。"视事八年，匈奴不敢犯塞。

刘秀称帝，建立了东汉，当时公孙述也在西蜀自称皇帝，刘秀派大司马吴汉率军前去讨伐，张堪被任命为蜀郡大守，跟吴汉一同出征。

吴汉的军队走了许多天，军粮补充不够及时，赶到蜀郡时，军粮只够吃七天了。吴汉担心断粮，不能打败公孙述，便想逃跑。于是派军士暗中准备船只，想从江上逃走。张堪听到风声，急忙去见吴汉，对他说："将军万万不可以走，胜利就在眼前。公孙述目前已是瓮中之鳖，只要我们坚持住，一定能打败他！"吴汉被他说服了，听从了他的计谋，使用少数兵马向公孙述挑战。公孙述亲自出城应战，战不到几个回合，就被汉军刺死在城下。吴汉和张堪顺利地攻入成都。

张堪是一个品行高尚、办事公正的人，自幼熟读经史，德行出众，曾有"圣童"的美称。他进入成都后，查点府库，封存珍宝，一件件地登记造册。然后报告给光武皇帝刘秀。他自己和部下对官府和百姓的财产秋毫无犯，成都的百姓对他的清廉十分称赞。

张堪做了太守后，被任命为骑都尉，领兵击退匈奴的进犯。不久他又做了渔阳太守。他认真管理郡内的官吏，打击贪官污吏，奖赏有官兵，又在狐奴地区开垦稻田八千顷，鼓励百姓耕种。不长时间内，百姓富足，郡内安定，军民都很快活。他在渔阳做了八年太守，郡内没有发生一次动乱，匈奴也不敢再来侵扰。渔阳的百姓对太守非常敬仰，编了一首民谣颂扬他。

桑无附枝，

麦穗两歧。

张君为政，

乐不可支。

后来人们用“乐不可支形容快乐到极点”。

慷慨激昂

典出《史记·刺客列传》：太子及宾客知其事者，皆白衣冠以送之。至易水之上，既祖，取道，高渐离击筑，荆轲和而歌，为变徵之声，士皆垂泪涕泣。又前而歌曰：“风萧萧兮易水寒，壮士一去兮不复还！”复为羽声慷慨。

士皆嗔目，发尽上指冠。于是荆轲就车而去，终已不顾。

战国时燕国的太子丹，曾被扣在秦国为人质，后来退回来，见秦国有并吞六国的野心，当秦军靠近易水，逼临燕国边境时，他很忧愁，设法请了一位勇士去刺杀秦王。那个勇士名叫荆轲，太子丹待他非常恭敬，天天去问候他，衣食行，只要荆轲欢喜的，他总设法供给。

荆轲受着燕太子丹的优待，很久都没有想到秦国去的意思，太子心里非常的着急，想他早点去，荆轲因为要等一个人，所以没有出发。后来燕太子实在急了，荆轲才物色了一把很锋利的匕首出发了。荆轲出发的时候，燕太子和他的臣子，都穿了白衣服去送行。到了易水上边，将要渡河时，高渐离敲着筑，荆轲唱着歌，声音非常悲哀；一般勇士都流着眼泪，歌唱着“风萧萧兮易水寒，壮士一去兮不复还。”歌声慷慨而激昂，壮士们的眼睛都瞪得很大，头发也都竖起来。

又三国时曹操作短歌，也有“慨当以慷”的话。“慷慨激昂”是说一个人的言语举止，都是抱着英雄豪杰的气慨，不可一世的样子。使人见到或听到了，都很相信他，敬服他。

六神无主

典出清·李伯元（李宝嘉）《官场现形记》第二回：到了晚上，这一夜更不曾睡觉，替他弄这样，弄那样，忙了个六神不安。

陕西朝邑县，有一家姓赵的，祖上世代务农。到了姓赵的爷爷手里，居然请了先生，教儿子读书，到他孙子赵温，忽然中了秀才。此后，姓赵的又送赵温去乡试，结果又中了举人。赵家上下，合家欢喜，整日大鱼大肉宴请亲朋乡邻，拜祭祖宗；从老到小，日夜忙碌，弄得筋疲力尽，人仰马翻。过了几天，上面又传下话来，叫新中的举人赵温，即日赴省填写亲供。当下，这爷儿三代又忙着准备上省的一切事宜。赵温的爷爷怕孙子年少，不知“亲供”怎样填写，赶忙请来中举多年的王举人给予教诲，并恳求王举人陪着孙子上省。为求吉利，取过日历本一看，选定十月十五这个百事皆宜的黄道吉日出行。这几天里，亲戚朋友又前来送礼饯行，好不热闹。

转眼之间，已到十月十四，赵温的爷爷、爸爸，忙了一天；到了晚上，这一夜更不曾睡觉，替他弄这样，弄那样，忙了个六神不安。十五一大早，王举人陪同赵温，骑上牲口，顺着大路，便向城中进发。

后人用“六神不安”或“六神无主”形容心慌意乱，不知所措。

龙骧虎步

典出《三国志·魏书·陈琳传》：琳谏（何）进曰：“今将军总皇威，握兵要，龙骧虎步，高下在心，此犹鼓洪炉燎毛发耳。夫违经合道，天人所顺，而反委释利器，更征外助。大兵聚会，强者为雄，所谓倒持干戈；授人以柄，功必不成，祇为乱阶。”进不听。

公元 189 年（东汉少帝光熹元年），汉灵帝刘弘病死，太子刘辩继位，即汉少帝。当时，汉少帝只有 14 岁，由何太后临朝听政。太后的哥哥何进以大将军的身分辅佐朝政。何进联络袁绍、袁术等豪强，准备把宦官全都杀掉，并打算把董卓等驻在外地的将领召进京来，一起参与镇压。

龙骧虎步

主簿陈琳不同意。他劝谏何进说："如今您是大将军，皇家的威望集于一身，手握兵权，身居要职，如龙马高昂着头，似猛虎迈着雄健的步伐，本可以估量实情，采取适当的办法，这就像鼓洪炉烧毛发一样容易。诛杀宦官，不符合汉家以往的规矩，但是符合道义，上天和百姓都会赞成。而您却丢掉了最有力的武器，以求得到驻外将领的援助。各路大军聚会后，强者就是霸主，这就会造成阵前倒戈、授人以柄的被动局面，必定不会成功，只会造成祸乱的根基。"可是，何进不肯听从陈琳的劝告。

何进听不进陈琳、曹操等人的意见，派人去召董卓。事不机密，走漏了消息，宦官张让等抢先下手，杀死何进。袁绍、袁术又杀死宦官2000多人。在一片混乱中，董卓引军到达洛阳，纵兵劫掠，肆意屠杀无辜。正如陈琳所断言，更大的祸乱开始了。

“龙骧虎步”就是从这个故事来的。骧：马首昂举的样子古代称骏马为“龙”。“龙骧虎步”的意思是，如骏马高昂着头，似老虎迈着雄健的步伐。用来比喻人高视阔步，气势威武。

慢条斯理

典出《儒林外史》第一回：老爷亲自在这里传你家儿子说话，怎的慢条斯理。

《儒林外史》是清代吴敬梓写的一部长篇讽刺小说。它通过生动的艺术形象，反映了封建社会末期腐朽黑暗的社会现象，批判了八股科举制度，揭露和批判了程朱理学和孔孟之道。

在这部小说的第一回“说楔子敷陈大义，借名流隐括全文”中说到这样一段故事：有一个叫王冕的放牛娃，天性聪明，天文、地理无不通晓，特别是画得一手好画。

他画的荷花，就像才从湖里摘下来贴在纸上一样。因此，王冕的名字全县无人不知，无人不晓。但是，王冕既不求官爵，又不结交朋友，终日里在家闭门读书。

有一天，官府的一个差役奉了县太爷之命来找王冕画二十幅花卉册页（装裱成册的单页小件字画）送给上司，王冕推辞不过，答应了。画好以后，知县发送给王冕一些银子并约见王冕。王冕不肯赴约，知县只好亲自来请。知县带着一班人马来到王冕家门口，见大门关着，敲了半天，出来一位老太太，不慌不忙地说：“我儿子不在家。”官府的差役见老太太怠慢了知县，说：“县大老爷亲自来传你儿子说话，你怎么这么慢条斯理的！快说，你儿子到哪里去了，我好去传。”

后人用“慢条斯理”的这个典故比喻说话做事慢慢腾腾。

门庭若市

典出《战国策·齐策》：令初下，群臣进谏，门庭若市。

齐国大夫邹忌长得很英俊。有一天早晨，他穿戴完毕，对着镜子照了一会，问他的妻子道：“我跟城北徐公比哪一个漂亮?”他妻子道：“你漂亮极了，徐公怎能比得上你呀!”原来徐公是齐国著名的美男子，邹忌可有点不相信自己，又去问他的爱妾，可是他的爱妾也是这么说：“徐公怎么比得上你呀!”第二天，来了一位客人，邹忌请他坐了，在谈话间，邹忌又提出这问题，可是那位客人同样说：“徐公哪像你这样漂亮啊!”过了一天正好徐公到邹忌家来。邹忌仔细打量比较，知道自己的确不及徐公漂亮。那天晚上，他躺在床上想：“我的妻子说我漂亮，是因为他偏爱我，我的妾说我漂亮，因为他惧怕我；我的朋友说我漂亮，是因为他有求于我。”

第二天，邹忌上朝见齐威王，将自己的想法和齐威王说了一遍，并从这件事情上联系到国家的政事，请齐威王要多听下臣的意见。齐威王连声说对。于是下令：“无论朝：廷大臣，地方官吏以及全国百姓，如果能够当面举出我的过失的，踢给上赏；能够上奏章规劝我的，赐给中赏；能够在朝廷里和街市上说我坏话，传到我耳中的，赐给下赏。”命令一下，群臣们都向齐威王提出各种规谏，一时川流不息，门庭若市。

这本来是记述邹忌用巧妙比喻规谏齐威王虚心接受别人意见的故事，可是后来人们根据进出规谏的人川流不息，引申出“门庭若市”这句话，用以形容那地方很热闹拥挤，来往的人很多。

眉飞色舞

典出清·李伯元（李宝嘉）《官场现形记》第一回：王乡绅一听这话，不禁眉飞色舞。

陕西同州府朝邑县城南三十里有个赵老头儿，他的孙子赵温参加了乡试，中了举人，得意非凡。为了庆贺，当下便筹办酒席大宴宾客，拜祭宗祠。赵老头除请邻居、姻亲、族谊外，还特别请了见过一面的王乡绅。到了十月初三那一天，新中举人赵温及其爷爷、爸爸、叔叔、兄弟、亲邻一大串，来到祠堂拜祭。祭罢祠堂，众人坐等王乡绅到来好吃喜酒。可是左等右等不见人影，直到日偏西，王乡绅才姗姗而来。王乡绅一到，立即开席。出席作陪的有赵老头亲家的宾客王举人。王乡绅与王举人在酒席上叙谈起来，方知是本家。王举人比王乡绅小一辈，因此二人以叔侄相称。王乡绅酒到半酣，文思泉涌，议论风生，大谈学八股文章的苦处和妙用。他说：

“我十七岁那年开笔做文章，老师要我读熟《制艺引全》。老师一天教我读半篇，因我记性不好，老是念不熟，为此，不知挨了多少打，罚了多少跪，到如今才掐得这两榜进士。唉！吃了多少苦，也还不算冤枉。”王举人听了，马上接口说：“这才合了俗话说的一句话，叫做‘吃得苦中苦，方为人上人’。你老人家有此阅历，所以讲得如此亲切。”王乡绅一听这话，不禁眉飞色舞，拍着王举人的肩头说：“老侄，你能够说出这样的话来，你的文章也就着实有功力。……小子勉乎哉，小子勉乎哉！”说到这里，不觉闭着眼睛、摇头晃脑起来。

后人用“眉飞色舞”形容人非常高兴得意的神情。

美轮美奂

典出《礼记·檀弓下》：晋献文子成室，晋大夫发焉。张老曰：“美哉轮焉，美哉奂焉。”

春秋时，晋国有个大夫叫赵武，是一个很精明能干的人。晋平公时被任为正卿（首要的执政者），由于他选用有道德有学问的人为国家做事，所以晋国的人都称赞他善于用人。他对外提倡礼义，各国都停止用兵，而和晋国友善起来。

有一次，他的新屋落成了，晋国的大夫都送礼祝贺。有个叫张老的人对赵武说："好极了，建筑多么高大宏伟啊！好极了，装饰多么美丽出众啊！"

赵武在晋国的地位和威望都很高，做大官的住高楼大厦本来也很平常，但由于他一向提倡礼义，崇尚朴素，一旦建造这么宏大的新居，又装饰得这么精致，这与他的言、行不相称，所以老张对他的贺辞，实际上是含有讽刺的意思。

后来的人，将张老所说的话简化成"美轮美奂"一句成语，用来形容高大宏伟的建筑物。

面面相觑

典出《三国演义》第十一回：此时人困马乏，大家面面相觑，各欲逃生。又见《续传灯录·六海鹏禅师》：僧问："如何是大疑底人？"师曰："毕钵岩中面面相觑。"

三国时代，曹操率兵攻打徐州，吕布趁此机会攻占了曹操的兖州和濮阳。曹操闻讯，急收军返回以保其家。

曹军日夜兼程来到濮阳，吕布引军与之大战。第一个回合，曹军大败，后退三四十里。部将于禁对曹操说：“吕布的西寨兵卒不多，今夜可引军去袭击；如若得了此寨，布军必然恐惧。”曹操认为于禁说得有理，于是在当日黄昏时引军攻击；布兵不能抵挡，四散奔逃。曹操夺了西寨后不久，吕布派出的援军便到了，于是两军混战；将到天明，吕布亲自引军来到。曹操势单，只得后退，但往北走，被张辽、臧霸杀了过来；往西走，又有郝萌、曹性、成廉、宋宪四将拦住去路。在敌强我弱的情况下，众将死战，曹操当先冲杀，但箭如骤雨，无法前进。曹操无计可脱身，大叫：

秋扇见捐

"谁人救我!"叫声刚落，马军队里一将踊出，此将乃典韦也。典韦飞身下马，插住两戟，取短戟数十枝在手，对从人说:'"贼来十步乃呼我!"遂放开脚步，冒箭而行。当吕布的数十个骑兵追来，离典韦五步远时，典韦飞戟刺杀，一戟一人一马，无一虚发，立杀十数人，余众皆逃。典韦又飞身上马，挺一双大铁戟，冲杀前去。郝、曹、成、宋四将抵挡不住，各自逃去。典韦杀散敌军，救出曹操。正当他们寻路归寨时，背后喊声大作，吕布骤马提戟赶来；曹操"人困马乏，大家面面相觑"。曹操正慌乱的时候，援军来到，于是援军便截住吕布大战。两军斗到黄昏，大雨如注，乃各自收军。

后人用"面面相觑"（觑：看）形容做错了事或极惊慌时，不知如何是好的样子。

面无人色

典出《汉书·李广传》：匈奴左贤王以四万骑围广，广军皆恐，……会暮，吏士无人色，而广意气自如。

西汉时，有一位能征善战的将军叫李广，陇西成纪

（今甘肃秦安）人。汉文帝时，他参加反击匈奴的战争，为郎、武骑常侍。景帝、武帝时，任陇西、北地等郡的太守。元光元年（公元前134年），为卫尉。后任右北平太守。由于李广的威名，匈奴数年不敢攻扰，人们称他为“飞将军”。

李广在前后四十余年中，曾历任过七个郡的太守，朝廷有什么赏赐，他都分给部下。行军作战时，遇到水、粮不足，如果士兵不喝饱吃足，他照例是不争着吃、喝的，因此，深受士兵的爱戴。

元狩三年（公元前120年），李广率四千骑兵击匈奴，被匈奴左贤王以四万骑兵围住。士卒们十分恐惧，一个个面无人色，而李广神色自若。后经奋力作战，加上援军开到，方将匈奴兵击退。元狩四年（公元前119年），李广随大将军卫青攻匈奴，以失道被责，自杀身死。老百姓听到这个消息以后，认识不认识他的老老少少都为之垂泣。

后人从“吏士无人色”这句话中引伸出“面无人色”这典故，用来比喻极度惊惧。

摩肩接踵

典出《晏子春秋·内篇》：张袂成阴，挥汗成雨，比肩继踵而在，何为无人！

春秋末年，齐相晏婴出使楚国。这时齐国政治混乱，而楚国比较强大，所以楚王想借此机会羞辱晏婴一番。

楚王听说晏婴身材矮小，长相难看，就命令士兵在城门的旁边开个小门。晏婴来了后，士兵就领他从小门进城，并对晏婴说："听说你身材矮小，特意给你开了个小门。"晏婴坚决不进，说："这个小门像一个狗洞，如果出使狗国，自然应该从狗门进去。我现在出使的是楚国，不应该从这个门进去。"楚国接待宾客的官员只得改换道路，引他从大门进入。

晏婴在大殿中拜见了楚王，楚王傲慢地说："齐国真的缺乏人才吗？为什么派遣你这样难看的人来充当使臣呢！"晏婴神情自若地回答说："齐国国都人口众多，人们张开袖子，就可以遮住天上的太阳；洒下汗水，就会像雨一样，哗哗地落下；他们在大街上肩挨着肩，脚碰着脚，熙熙攘攘地生活在一起，怎么能说没有人呢?”(“张袂成阴，挥汗成雨，比肩继踵而在，何为无人!”)楚王说：“那为什么派遣你来呢?”晏婴接着回答道：“齐国有许多使者，各有各的任务：有才能的派他出使到英明的君主那里，没有才能的人派他到昏庸的君主那里。我晏婴无德无才，不出使楚国又出使哪一个国家呢?”

楚王听了，自讨个没趣，只好对晏婴以礼相待。

含义及用法：“摩肩接踵”：肩挨着肩，脚接着脚，形容人多，拥挤；踵，脚跟。

目瞪口呆

典出《元曲选·赚蒯通》：项王见我气概威严，赐我酒一斗，生豚一肩，被我一啖而尽，吓得项王目瞪口呆，动弹不得，方才保得主公安全回还。

韩信被封为齐王以后，萧何觉得韩信兵权太大，恐日后夺取汉朝天下，于是找来樊哙，共商计策。萧何把他的担忧告诉了樊哙，并拍他的肩头说：“朝内功臣虽然不少，但只有将军是天子的至亲，故请你来商量。”樊哙听了有些得意地说："丞相，想鸿门会上主公有难，某立破鸿门而入。项王见我气概威严，赐我酒一斗，生豚一肩，被我一啖而尽，吓得项王目瞪口呆，动弹不得，方才保得主公安全回还。"樊哙说到这里，十分气愤地说："韩信本是淮阴一饿夫，不料竟拜为帅！而今大事已定，可也罢了。那韩信手无缚鸡之力，有什么本事。何必我老樊动手。只差一两个能干的人，唤他来，喀嚓的一刀两段，便除了后来的祸患。

后人用"目瞪口呆"来形容因吃惊或害怕而发愣。

平易近人

典出《史记·鲁周公世家》：鲁公伯禽之初受封之鲁，三年而后报政周公。周公曰："何迟也？"伯禽曰："变其俗，革其礼，丧三年然后除之，故迟。"太公亦封于齐，五月而报政周公。周公曰："何疾也？"曰："吾简其君臣礼，从其俗为也。"及后闻伯禽报政迟，乃叹曰："呜呼，鲁后世其北面事齐矣！夫政不简不易，民不有近；平易近民，民必归之。"

周公是西周时期的著名政治家，他的名字叫姬旦。他是周文王姬昌的儿子、周武王姬发的弟弟，因为采邑在周，所以称他“周公”。

周公辅佐周武王伐纣，灭掉了商殷；周武王死后，周成王年少，周公又代他摄政，亲自率领兵马东征，平定管叔、蔡叔的叛乱，而后又封邦建国，推行井田制，制定礼乐，建立各种典章制度，自己又注重礼贤下士，得到百姓拥护。

周公被封于曲阜为鲁公，但他没有去那里，仍旧留在都城辅佐王室。他派自己的大儿子伯禽接受封地，去曲阜为鲁公。

伯禽受封鲁地，去了三年以后才把那里的政治情况报告给周公。周公很不满意，就问他说：“已经三年了，才告诉我鲁地的形势，为什么这样迟呀?!”

伯禽答道：“我要改变那里的习俗，还要革新那里的礼法，花了三年时间才做完，所以来晚了!”

正巧这时姜尚也来报告齐地的情况。他受封于齐地，才过了五个月的时间，就来报告那里的政治形势。周公感到惊奇，便问他说：

“你怎么这样快就报告情况呀？难道齐地的政治已经整顿妥当了吗?”

姜尚泰然自若地说：“是的，一切都安定了，我是简其君臣礼，从其俗为也。”

周公沉思了半晌，自言自语地说：

“唉，鲁的后世恐怕要败于齐了，齐地一定会胜过鲁地！政不简不行，不行不乐，不乐则不平易，不平易百姓就不归服。为政简易的，百姓必然亲近，百姓亲近、悦服才能强盛啊！”

成语“平易近人”即由该文中的“平易近民”演化而来。现在用它表示态度和霭，使人容易亲近。

千金一笑

典出《东周列国志》第二回：幽王曰：“爱卿一笑，百媚俱生，此虢石父之力也！”遂以千金赏之。

西周的最后一代帝王用幽王，是历史上有名的暴君，他宠信虢公、祭公、尹珠这三个奸臣。对忠良伯阳父、赵叔带、褒等疏而远之。赵叔带以三川枯竭，岐山崩溃，为国家不祥之兆，要求周幽王勤政恤民，求贤辅国。幽王不但不听，反将赵叔驱逐出朝，永不任用。

大夫褒闻赵大夫被逐，急忙入朝进谏：“大王不畏天变，黜逐贤臣，恐国本动摇，社稷难保。”幽王大怒，以褒有慢君之罪，下在狱中。

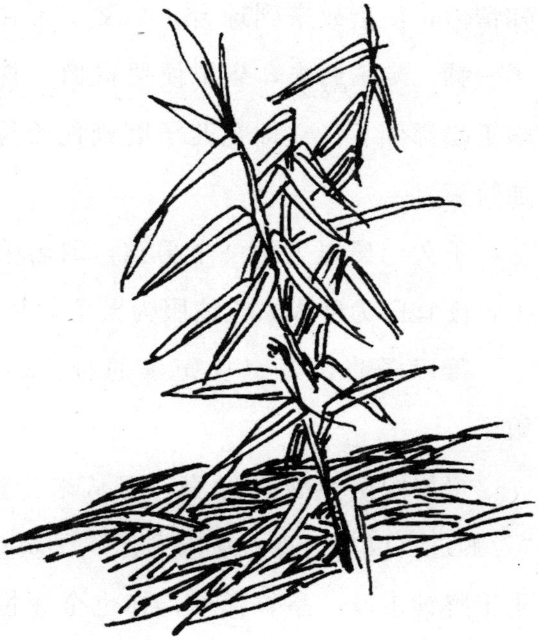

疾风劲草

褒的儿子洪德，知道这个昏君，江山坐不长久，而且也深知他酷好女色，遂在褒村买到了一个绝代佳人，取名褒姒，献与幽王，以赎父罪。

幽王一见褒姒，生得眉似春山，目如秋水，指排削玉，发挽乌云，可说是羞花闭月之容，倾国倾城之貌。幽王喜欢得张开大嘴合不拢来，即日纳入后宫，并传旨将褒开释。

这个褒姒也果然妖艳动人，周幽王把她放置在琼台之上，日夜追欢寻乐。

幽王的正妻申后，听说天子获得一个妖妃，不理国政，心中不免尤戚。太子宜臼见母亲泪流满面，常下询知情由，便借故来到琼台，乘父王不在时，把褒姒辱骂了一顿。幽王回来，褒姒便哭得像一株带雨梨花，使得幽王心都碎了。立即把儿子贬到他娘舅申侯的国中，严加管束。

不久，褒姒生了一个男孩，取名伯服，百般怂恿幽王，废宜臼为庶人，立伯服为太子，并将申后打入冷宫。

母以子贵，褒姒从妃嫔的身份，一跃而为正宫娘娘了。

褒娘娘虽然宠擅专房，但从未开颜一笑。幽王问："爱卿进宫以来，寡人从未见你一展欢颜，朝朝夕夕，召乐工鸣钟击鼓，品竹弹丝，你也全无悦色，究竟卿家所好何事？"

褒姒说："妾妃无他好，惟自喜闻手裂采绢之声，因其声清脆悦耳也。"

幽王遂即广取绸缎绫罗，派宫娥撕给衰姒听。衰姒虽然喜闻裂帛之声，但仍不笑。

幽王无奈，传下旨意："凡有人能致褒后一笑者，赏赐千金。"

虢公献计说："先王昔年因防御西戎入寇，曾在骊山之下，设有烽火台二十所。如有贼寇进犯，就放起狼烟，直冲云天，附近诸侯，见烽火台起了狼烟，立即兴兵来救。今天下太平，烽火皆熄，大王何不揩娘娘登骊山，举烽火，使各路诸侯见烽火而至，至则无寇，乘兴而来，败兴而返，娘娘必开颜一笑了。”

幽王抚掌大笑说：“此计大妙！”即便照计而行。果然各路诸侯，见骊山烽火起来了，这是多年不曾有过的事情，连忙马不及鞍，人不及甲，匆匆兴兵驰至骊山。幽王这时正在山顶与褒姒设宴，饮酒作乐。褒姒见山下各路诸侯从四面八方跑得汗及重衾，来到山下，可是并无发生什么变故，大家都面面相觑，诧异不已。

幽王承即传旨：“敬告各路诸侯，并无外寇侵犯，不劳诸公跋涉，请即回师。”大家懒洋洋的掩旗息鼓，各回本国去了。

褒姒见诸侯匆匆而来，匆匆而去，并无一事，觉得愚笨得可笑，果然开颜一笑了。

幽王说：“爱卿一笑，百媚俱生，此虢公之妙计也。”乃赏赐虢公千金。

后来犬戎犯镐京，幽王再举烽火，诸侯仍以为戏，遂不至，西周乃亡。

后来用“千金一笑”比喻美人的笑容难得。

前倨后恭

典出《战国策·秦策一》：（苏秦）归至家，妻不下衽，嫂不为饮。……嫂蛇行匍伏，四拜自跪而谢。苏秦曰："嫂何前倨而后卑也？"

战国时代，苏秦到秦国游说，劝秦惠王实行连横的策略。苏秦的意见没被秦王采纳，做不了官，只好垂头丧气地回到洛阳老家。当他走进家门的时候，家里的人都瞧不起他。妻子坐在织布机上不理睬他。嫂嫂不给他做饭，就连他的父母也不愿同他讲话。

过了一年，苏秦又到赵国去见赵王，献合纵之策。苏秦主张赵国联合齐、楚、燕、韩、魏等国共同对付日益强大的秦国。赵王认为他这个策略很好，便封他为武安君，拜他做相国。

苏秦做了大官之后，路过洛阳，他父母得到消息，到城外三十里的地方去迎接他。他的妻子吓得恭恭敬敬地站在一边，"侧目而视，倾耳而听。"（斜着眼看苏秦，侧着耳朵听苏秦讲话，不敢正视苏秦。）他的嫂嫂则跪拜在地，十分谦恭地迎接苏秦。苏秦见嫂嫂这样谦恭，就笑着说：“嫂何前倨后卑也”（意思是：嫂嫂为什么以前那样怠慢我，今天却对我如此恭敬呢？）

后人用“前倨后恭”形容对人先傲慢后又恭敬。

犬牙交错

典出《汉书·中山靖王刘胜传》：广封连城，犬牙相错者，为盘石宗也。

汉高帝刘邦为了巩固刘氏的天下，把分封到各地的一些外族王侯全部消灭，而把自己的儿子、侄子、弟弟等封到各地为王，各霸一方。

但是传到汉景帝的时候，这些同姓王的势力就强大起来了，一个个野心勃勃地想篡夺帝位。当时以南方吴王刘濞为首，七个王侯联合起来搞了一次大叛乱。幸亏汉景帝的大将周亚夫英勇多智，才把这次叛乱镇压下去，但是汉景帝并没有接受教训，他又封自己的许多儿子为王。

到了汉武帝继位的时候，这些王侯势力又强大起来，大臣们担心他们会和以前一样搞叛乱，就向汉武帝揭发这些王侯的罪状，并建议武帝削弱他们的势力。这些王侯知道后，感到十分恼火，就扬言：我们“诸侯王自以骨肉至亲……广封连城，犬牙相错者，为盘石宗也。”（意思是：诸侯王自然是刘家的骨肉至亲，高帝之所以普遍分给他们很宽的地方，让他们的疆土像狗牙那样交错不齐地连在一起，是为了使刘家的天下安如盘石。）

后人把“犬牙相错”说成“犬牙交错”，用来形容交界线很曲折，就像狗牙那样参差不齐。也用来比喻错综复杂的情况或双方力量对比互有长短。

山简倒载

典出《晋书·山简传》：于时四方寇乱，天下分崩，王威不振，朝野危惧。简优游卒岁，唯酒是耽。诸习氏，荆土豪族，有佳园池，简每出嬉游，多之池上，置酒辄醉，名之曰高阳池。时有童儿歌曰：“山公出何许，往至高阳池。日夕倒载归，茗扶无所知。时时能骑马，倒署白接离罱。举鞭问葛强：‘何如并州？’”强家在并州，简爱将也。

山简（公元253～312年），晋代河内怀县人，字伯伦，是晋武帝（司马炎）时期的吏部尚书山涛的小儿子。山简性情温文尔雅，颇有父亲的韬光养晦之风。他30多岁了，可他父亲山涛并不了解自己的儿子。山简叹息说："我都快30岁了，却不被家父所了解!"公元309年（永嘉三年），晋怀帝（司马炽）任他为征南将军，镇守襄阳。

望洋兴叹

当时，社会秩序混乱，寇贼四起，天下分崩离析，王室威信扫地，朝野上下忧心重重。山简终年优哉游哉，唯独喜好喝酒。荆州豪强习氏有一个绝佳的园池，山简经常到这里嬉戏纵饮。每次出游，山简大都到园池中来，摆下酒宴，喝得大醉，他把这个园池称作高阳池。当时，儿童们编了一个歌谣，唱道："山公（山简）出游到哪里？来到心爱的高阳池。日暮醉倒乘车回，酩酊大醉神思迷。醉后经常能骑马，头上倒戴一白帽。扬鞭问葛强：‘同并州健儿相比，你看我怎么样？’”葛强家住并州，是山简手下的爱将。

“山简倒载”这一典故就是从这个故事演化而来的。它的本来意思是说，山简醉后倒卧，乘车而归。后来，人们用“山简倒载”或“高阳池”形容醉酒以及醉后狂放不羁的样子。

失魂落魄

典出《官场现形记》：尹子崇虽然也同他周旋，毕竟是贼人胆虚，终不免失魂落魄，张皇无措。

尹子崇因为偷卖矿产被人告发，官府要捉拿，他逃回家中躲藏。一天，本乡知县老爷突然来到尹家，尹子崇吃惊不小，硬着头皮出来相见。那知县是个老滑头，本来是抓尹子崇到县衙的，他却笑嘻嘻地一面作揖，一面寒暄：“哈哈，兄弟直到今日才听说你回府，没有及时来请安，抱歉之至！”尹子崇虽然也同他周旋，毕竟是贼人胆虚，终不免失魂落魄，慌张无措，一时连礼节都忘记了。自己坐到客人的位置上，知县暗暗发笑，从靴筒中抽出一件公文，递给尹子崇。尹子崇顿时吓得面色苍白。公文中说的正是要巡抚查办他卖矿的事儿。

知县见天色已经不早，便吩咐差役说："轿子准备好了吗？我同尹大人此刻就回衙门去！"尹子崇听见这话，明知逃脱不得，只好跟在知县身后，上轿了。尹家的家眷看见他被县衙拉了去，早已哭成一片。可是知县毫不容情，摆摆手，抬轿人抬起轿子便奔往县衙去了。

后来用"失魂落魄"形容心神不宁、极度惊惶。

姗姗来迟

典出《汉书·外戚传》：上思念李夫人不已，方士齐人少翁言能致其神。乃夜张灯烛，设帷帐，陈酒肉，而令上居他帐，遥望见好女如李夫人之貌，还幄坐而步。又不得就视，上愈益相思悲感，为作诗曰："是邪，非邪？立而望之，偏何姗姗其来迟！"

汉武帝刘彻宠幸一个"倾国倾城"的绝世佳人，她就是李夫人。有一次，李夫人得了重病，汉武帝亲自去看望。李夫人把脸蒙在被子里，不肯见他，说："妾久卧病床，容貌损坏，不可拜见我皇。"汉武帝坚持要看她的面容，李夫人转过头去，低声叹气，不再说话了。汉武帝很不高兴，悻悻地走了。不久，李夫人死了，汉武帝下令隆重地安葬了她。

李夫人死后，汉武帝思令不已，难以解忧。当时，有一个名叫少翁的术士从齐地来到京城，自称能招来亡人的神灵。夜里，术士挂灯燃烛，设立帷帐，陈列酒肉，请汉武帝坐在另一个帷帐中等着雾中看花。经过术士一番折腾之后，汉武帝似乎真的见到李夫人的灵魂了；他远远望去，有一个同李夫人十分相像的美丽女人，来到帷帐中坐了一会儿，接着又慢悠悠地走出去了。汉武帝急得抓耳挠腮，又不许到跟前仔细瞧瞧，思念之情更加炽烈，因此更加悲哀伤感。顿时悲戚至极，吟了几句诗："是你，还不是你，我的爱？我翘首而望，把你等待。可是啊，你却莲步慢挪，来得如此之晚，令我情急难耐！"

"姗姗来迟"就是从故事中汉武帝一句情诗"偏何姗姗其来迟"演化来的。它的意思是说，慢悠悠地来晚了。多用来比喻妇女缓缓行走。有时也用以泛指行动迟缓，来得很晚。

手忙脚乱

典出《朱子语类》：今亦何所迫切，而手忙脚乱，一至于此耶！又见《元曲选·百花亭》：是得手忙脚乱紧收拾，意急心慌没整理。

北宋时河南洛阳有个贺妈妈，她生了个女儿名叫贺怜怜。怜怜成人之后，模样俊秀，聪敏过人。

有年清明时节，母女俩出外踏青，在百花亭与汴梁才子王涣邂逅相逢。两人相遇，一见倾心，就订为婚姻。

不久，王涣来到贺家与贺怜怜结为亲眷。常言道：久住令人贱，贫来亲也疏。贺妈妈见王涣久住家中，又是一个穷秀才，便把王涣驱逐出门，并将其女怜怜另嫁给种师道手下一个军需官高常彬。从此，贺怜怜被高常彬关在承天寺内，不得与王涣相见。王涣与怜怜情意缠绵，怎忍分离！王涣为了见到怜怜，只得扮做卖查梨的混进承天寺。两人相见，倾诉衷肠，谈得格外亲热。正在这时，高常彬回来了，丫环连忙报知怜怜。王涣听说高常彬回来了，不觉大吃一惊道："是得手忙脚乱紧收拾，意急心慌没整理。”高常彬闻声则问：“谁人在此，好无礼呀！”王涣心想：“可正是船到江心补漏迟，只看我魄散魂飞。我则索向前来陪着笑颜卖查梨。”他打定主意，连忙高声叫道：“卖查梨啊！”高常彬醉意蒙地吆喝道：“滚出去！老子不买查梨条。”

高常彬因喝醉了酒，没有注意到王涣便休息去了。怜怜趁机给了王涣盘缠，叫他往延安府投托经略麾下，建立功勋，以遂平生之志。王涣连忙向怜怜道谢，并说：“决不辜负所望。”

王涣到了延安，受到了征马步禁军都元帅种师道的赏识，并立了战功。他依照怜怜的临别之言，上告高常彬盗用官钱，强取民妻。种师道立即把高常彬捉拿归案，把怜怜判归了王涣，使其夫妇团圆。

后人用“手忙脚乱”形容做事慌张，忙乱而无条理。

手舞足蹈

典出《文选·卜商（毛诗序）》：咏歌之不足不知手之舞之，足之蹈之也。又见《红楼梦》第四十一回：当下刘姥姥听见这般音乐，且又有了酒，越发喜的手舞足蹈起来。

刘姥姥进大观园后，吃酒、游玩一切都很满意。一次喝酒，刘姥姥不慎打烂了磁酒杯子，便说道，如果有个木头的酒杯，我失了手掉屯地上也没得关系。凤姐听刘姥姥这么说，便对刘姥姥道：木头酒杯我们这里有，但那是一套一套的，取来了你一定要吃遍一套才算！鸳鸯听说，忙去屋里取来十个黄杨根子做的大套杯。刘姥姥看见木杯，又惊又喜。那大的杯子像个小盆子，那小的也比手里的杯子大两倍，杯上一色的山水树木人物，雕镂奇绝。刘姥姥拿着这奇特的杯子，兴高采烈开怀畅饮。正在畅饮之际，又听得府内箫管悠扬，笙笛并发，那乐声穿林度水而来，使人心旷神怡。“当下刘姥姥听见这般音乐，且又有了酒，越发喜的手舞足蹈起来。”

后人用“手舞足蹈”形容高兴到极点的样子。

谈虎色变

典出《二程全书·遗书二上》：真知与常知异。常

(尝)见一田夫曾被虎伤，有人说虎伤人，众莫不惊，独田夫色动异于众。若虎能伤人，虽三尺童子莫不知之，然未尝真知，真知须如田夫乃是。

归有光《论三区赋役水利书》中说："有光生长穷乡，谈虎色变，安能默然而已。"

程颐是北宋的哲学家、教育家。他曾和哥哥程颢求学于周敦颐，他们兄弟二人都是北宋理学的奠基人，被称为"二程。"

程颐在谈论关于知识的问题时，强调只有亲自参加实践或亲身体验过的人，才能获得"真知"。为了说明这个道理，他曾说："从前我亲眼见过一田夫，他曾被老虎咬伤过。于是，有人提起老虎伤人，唯独田夫一个人的脸色和众人不同，他感到特别紧张。"他接着说："像老虎能够伤人这样的道理，虽然仅有三尺高的孩子们也是知道的，然而他们并不真正知道老虎如何伤人及其老虎伤人的可怕情况。他们没有这方面的真知，真正具有这方面知识的，只有像田夫这样的人，他们才有真知。研究学问的人，要获得真知，也是这个道理。"

成语"谈虎色变"即由此引申而来。意思是，被虎咬过的人才是知虎的厉害。后来以"谈虎色变"比喻一提到可怕的事情，情绪就非常紧张。

外强中干

典出《左传·僖公十五年》：故秦伯伐晋。…… 三败及韩。晋侯谓庆郑曰："寇深矣，若之何？"对曰："君实深之，可若何！"公曰："不孙。"

门庭若市

卜右，庆郑吉，弗使。步扬御戎，家仆徒为右，乘小驷，郑人也。庆郑曰："古者大事，必乘其产，生其水土而知其人心，安其教训而服习其道。唯所纳之，无不如志。今乘异产以从戎事，及惧而变，将与人易。乱气狡愤，阴血周作，张脉偾兴，外强中干，进退不可，周旋不能。君必悔之。"弗听。……

壬戌，战于韩原。晋戎马还泞而止。公号庆郑，庆郑曰：“愎谏违卜，固败是求，又何逃焉？”遂去之。梁由靡御韩简，虢射为右，辂秦伯，将止之；郑以救公误之，遂失秦伯。秦获晋侯以归。

春秋时期，秦国国君秦穆公派兵攻打晋国。秦军三战三胜，一直攻进晋国的韩地。晋国国君晋惠公对晋国大夫庆郑说：“秦军已侵入我国腹地，怎么办呢？”庆郑不客气地回答道：“当初，你从秦国逃回晋国后，答应给秦穆公五座城池，结果你背了约；秦国发生饥荒，你又不肯支援。这次秦军入侵，实际上是你惹的祸，我有什么办法！”晋惠公不高兴地说：“你说话真没有礼貌。”晋军迎敌之前，采用占卜的办法来决定谁可以充当晋惠公所乘兵车的右卫。占卜显示，庆郑充当右卫比较吉利，但是晋惠公却不用他，决定由同一祖族之人步扬驾驭战车，由家仆徒充当右卫。该出发了，晋惠公登上由四匹小马拉的战车，而这四匹马是从郑国输入的。庆郑提醒晋惠公说：“古时进行祭祀和战争这类大事，必定使用本国出产的马匹，因为本国马土生土长，懂得主人的意思，听从驾车人的指挥，又熟悉本地的道路，不管你如何驱使它，都不会别别扭扭。如今你使用别国产的马匹去打仗，这种马会因为恐惧而改变常态，从而不听从主人的指挥。它们往往在碰到意外情况时，呼吸突然急促，血液循环也骤然加快，血管顿时扩张，外表虽然强壮，内部已经气虚力竭了。如果到了这种地步，要进进不得，要退退不成，没有任何回旋的余地，你一定悔不当初了。”对庆郑这番话，晋惠公压根儿听不进去。

公元前645年9月13日，秦、晋两国军队在韩地旷野展开激战。晋惠公车前所套的马匹陷入泥泞之中，左旋右转也拉不出车子。晋惠公疾呼庆郑救命，庆郑说：“你任性固执，不接受劝告，又不按占卜结果用我，这实在是自找失败，你还怎能逃脱呢？”说完，就离开了晋惠公。说来也巧，晋国大夫韩简用梁由靡驾车、虢射为右卫，驰骋在战场上，正好与秦穆公相遇，韩简准备把他捉住。可是，庆郑要韩简去救晋惠公，贻误了擒获秦穆公的大好机会，让他轻易地跑掉了。这场战斗，以秦军俘获晋惠公而告结束。

“外强中干”就是从这个故事中的一句原话得来的。人们多用它来形容外表强壮，内部虚弱。或者用以比喻敌人貌似强大，实则脆弱的纸老虎形象。

萎靡不振

典出唐·韩愈《送高闲上人序》：颓堕委靡，溃败不可收拾。又见《宋史·杨时传》：若示以怯懦之形，委靡不振，则事去矣。

北宋时，徽宗皇帝是一个昏庸的家伙。在金兵已经占领了大片北方土地的时候，他还征调大批老百姓从南方搬运奇花异石，运到国都汴京（今河南开封）修建宫殿，装点花园。对于抗金这件大事，他根本不放在心上，随便派了一个无能的童贯去当领兵元帅。童贯连吃败仗，结果让金兵很快打到了京城附近。

一天，宋徽宗正在饮酒作乐，听说金兵快打到汴京了，吓得不知所措，大臣们也慌作一团。这时，有一个叫杨时的大臣，从容地对大家说：现在的形势已经像干柴堆着了火一样危急了，朝廷应当赶快清醒振作起来，拿出抗金的决心和勇气，这样才能鼓舞人心，振作士气。如果还和过去一样萎靡不振，胆小软弱，那么大宋王朝就没有什么指望了。

后人用“萎靡不振”这个典故比喻情绪低落，精神不振。

兴高采烈

典出南朝·梁·刘勰《文心雕龙·体性》：叔夜俊侠，故兴高而采烈。

三国时的魏国，有一位文学家、思想家、音乐家叫嵇康，字叔夜，谯郡（今安徽宿县西南）人。他是曹魏宗室的女婿，官至中散大夫，世人称嵇中散。嵇康崇尚老子和庄子的学说，讲求举生服食之道，为魏晋时“竹林七贤”之一。嵇康因声言“非汤武而薄周孔”，且不满当时掌权的司马氏集团，遭钟会构陷，为司马昭所杀。

嵇康的文章写得很好，主要成就是散文，被鲁迅称之为“思想新颖，往往与古时旧说反对”。他提出“越名教而任自然”之说，主张回到自然，厌恶儒家各种人为的烦琐礼教。他的诗歌也很出名，尤其长于四言诗，风格清峻。南朝梁代的文学理论家刘勰撰写过一部文学理论专著《文心雕龙》，在论及嵇康的性格和他的作品的风格时，刘勰说："嵇叔夜性高豪爽，他的志趣很高，文词犀利。"

"兴高采烈"这几个字，原来是说嵇康的文章志趣很高，文词犀利。后人常用来形容人的兴致高，情绪饱满。也形容呈现出的欢乐气氛。

小家碧玉

典出晋·孙绰《情人碧玉歌》：碧玉小家女，不敢攀贵德。感郎千金意，惭无倾城色。碧玉破瓜时，郎为情颠倒。感君不羞赧，回身就郎抱。

晋代人孙绰写了一首诗，描写贫家少女的情思。这首《情人碧玉歌》写道："我碧玉本是贫家少女，本不敢攀附富贵而有才德的公子结亲。有感于郎君对奴家的千般恩爱之意，可又惭愧自己没有倾国倾城的美貌。奴家献身于郎君之时，郎君为奴的情意而神魂颠倒。奴家感激你，并不感到羞愧，也不脸红心跳，回过身来投入郎君的怀抱。"

"小家碧玉"这个典故就是从这个故事来的。小家：

泛指平民之家。碧玉：人名。人们常用“小家碧玉”泛指平民家的少女。

欣欣向荣

典出晋·陶潜《归去来辞》：木欣欣以向荣，泉涓涓而始流。

陶潜，字渊明（也有人说名渊明，字元亮），他是晋代寻阳柴桑（江西九江县西南）人，曾祖侃是晋朝名将，渊明性情高尚文雅，学问非常渊博，诗文都很好，他不喜欢荣华富贵，饮酒赋诗，游山玩水是他的嗜好。后来因亲老家贫，勉强当了祭酒的官，因不惯于官场上的应酬，不久即辞职，后来又当了彭泽令。

他才当了八十多天，朝廷差了一名督邮到县里来，他的部下教他戴着帽，束了腰带去迎接。陶渊明叹了口气说：“我不愿为了五斗米的俸禄，弯着腰去迎接权贵。”当天即交回印章辞了官不做回到家里去了。

陶潜回到家里，作了一首词，记述这件事。词的题目叫《归去来辞》，其中有一句“欣欣向荣”。这篇辞写

欣欣向荣

得很好，成为一篇有名的文章，一直流传到现在。

“欣欣向荣”形容植物茂盛；也比喻精神奋发昂扬或事业兴旺发达。